TODA UNA VIDA

Toda una vida
Primera Edición
© La Pereza Ediciones, 2014
Editor: Ernesto Pérez Castillo
Diseño de cubierta: Eric Silva Blay
Foto en contracubierta: © Asís G. Ayerbe

Manufactured in United States of America

ISBN-13: 978-0692202173 (La Pereza Ediciones)
ISBN-10: 069220217X

La Pereza Ediciones, Corp
11669 sw 153 PL
Miami, Fl, 33196
United States of America
www.laperezaediciones.com

TODA UNA VIDA
Luisgé Martín

LA PEREZA EDICIONES

Su mujer miró hacia atrás y se volvió poste de sal.

Génesis 19, 26

Desde que era niña, la señorita Adela había oído a su abuela lamentarse del destino, que según ella siempre escoge para cada uno lo peor. La abuela de la señorita hacía esas filosofías porque se acordaba de un amor que había tenido hacía muchos años en La Habana, donde su madre, esposa de un teniente del ejército español destinado allí, la había parido. Había crecido en Cuba sin conocer la tierra de sus mayores, como una isleña. Cuando cumplió los dieciséis años, comenzaron a cortejarla dos mozos: el hijo de un ganadero de Camagüey que iba a la capital a comerciar con reses y el de un comandante español que vivía en el mismo cuartel que ella. Los dos tenían buena familia y eran apuestos. Después de dudarlo mucho, se decidió por el enamorado cubano, que tenía la piel trigueña y los ojos azules como el agua del mar. El muchachito le escribía cartas apasionadas desde Camagüey, y en cuanto tenía oportunidad viajaba a La Habana para verla y pasar con ella algunos días. Era inocente y fantaseador. Inventaba historias de cuatreros y de piratas que a la abuela de la señorita Adela la dejaban con la boca abierta, desmayada. A menudo iban juntos a las playas del sur a bañarse, y cuando el galancito se quitaba el traje de paseo y se quedaba medio desnudo, con los calzones de nadar solamente, a ella se le retorcía el corazón y se le marchaba el aire. A veces le espiaba mientras estaba solo, callado, o mientras dormía en la arena.

También ella fue en ocasiones a Camagüey para verle. Allí, en la hacienda, aprendió a cabalgar, descubrió las diferencias entre las distintas especies de vacas y conoció variedades de frutas y de verduras que nunca había imaginado que pudieran existir. Los padres del muchacho, que poseían una riqueza de pocas luces, sin lustre, la trataban como a una princesa. La paseaban en carruaje por los campos, la llevaban a los criaderos de aves, organizaban bailes en su honor, y mientras duraba la visita ponían a su disposición uno o dos criados para que la atendieran en todo lo que necesitase.

El otro pretendiente, entre tanto, no se había olvidado de ella, y aunque no confiaba ya en ganarla como esposa, la perseguía con amabilidades y cuidados que ella agradecía. Cuando estalló la guerra, la tomó bajo su protección y comenzó a vigilarla con un celo extraordinario. Se aseguraba de que no le faltase de nada, de que tuviera distracciones que la hiciesen despreocuparse del peligro que corría su padre en la batalla y de salvarla de los alborotos que a veces llegaban hasta el acuartelamiento. Estaba enterado de que ella seguía escribiendo a su novio de Camagüey, e incluso en algunas ocasiones era él mismo quien llevaba las cartas a la posta para que fuesen despachadas, pero eso no le importaba. Se conformaba con estar a su lado para servirla, porque sabía que con el paso del tiempo ella le recordaría justamente por eso, por su desinterés, y no podía concebir otra felicidad –resignado ya a no ser su amante– que la de perdurar siempre en sus pensamientos bondadosamente.

Pero encontró otra felicidad mayor. El ejército español fue derrotado por el de los norteamericanos y sus tropas tuvieron que abandonar la isla. El padre de la abuela de la señorita Adela y el del muchacho que la amaba recibieron imprevistamente la orden de repatriación. En dos días debían empacar sus cosas, abandonar la guarnición y embarcarse rumbo a España acompañados de sus familias. La abuela de la señorita se vio entonces ante la encrucijada. Se pasó una noche en vela dudando si escaparse a Camagüey para casarse con su prometido y quedarse con él toda la vida. Ella había nacido allí, en Cuba, su tierra era aquélla. Le gustaban esos campos y esas playas de agua transparente. Y aunque fuera a la escuela del cuartel y estudiase con profesores españoles, el acento de su voz, la dicción, era como la de los cubanos. Como la de aquel mozo moreno de Camagüey al que amaba apasionadamente.

La abuela de la señorita Adela, sin embargo, se fue a España con sus padres. En el último instante, cuando comenzaba a guardar algunas ropas en una maleta para escaparse, sintió miedo de quedarse sola, abandonada en una isla entre hombres extraños, y volvió a desdoblar las ropas y a dejarlas en el armario, del que las sacarían a la mañana siguiente los criados para empacarlas en los baúles y en los arcones. Cuando el barco zarpó del puerto de La Habana, la abuela de la señorita empezó a llorar y a arrepentirse. El muchacho del cuartel, que regresaba en el mismo barco, se acercó a ella y la abrazó para consolarla.

—La guerra la he provocado yo para que te quedaras a mi lado —dijo dulcemente.

Ella se rió mientras el barco entraba en alta mar. Durante el viaje, no se separó de él, que seguía cuidándola como había hecho en los tiempos de la guerra en la isla. Cuando llegaron al puerto de Cádiz, ya eran novios, aunque aún no se habían besado. Se prometieron enseguida y se casaron un año más tarde, en Granada. El muchacho, que había decidido continuar la carrera militar, como su padre, fue destinado al norte del país, a la ciudad en la que muchos años después nacería la señorita Adela.

La abuela tuvo una vida tranquila y confortable. Su marido se comportó siempre ejemplarmente y la amó con una devoción excepcional. Engendró dos hijas que crecieron sanas y que a lo largo de los años la llenaron de satisfacciones. No fue rica, pero tuvo más de lo que necesitaba. Estuvo rodeada de amigos y de gente que la quería. No padeció ninguna enfermedad, ni siquiera al morir. Y desde la buhardilla de su casa pudo ver cada día un paisaje que poco a poco le hizo olvidar los palmerales y las playas azules de Cuba.

Pero a pesar de todo, la abuela de la señorita Adela no fue feliz, porque pensaba que la vida que hubiera podido llevar al lado del muchacho de Camagüey habría sido mucho más embriagadora que la que había vivido. Imaginaba aventuras, riquezas, emociones y experiencias. Envejeció creyendo que habría sido más dichosa quedándose en la isla.

—Yo soy madame Bovary —decía suspirando.

Cuando era niña, a la señorita Adela le gustaba sentarse a su lado, en el mirador de la casa, y escuchar las historias que inventaba. Se reía de ella a veces porque no entendía sus quejas ni su amargura y pensaba que eran sólo lamentos de vieja. Pero a fuerza de oírlos, se le fue quedando poco a poco en la conciencia la idea oscura de que el destino escoge siempre lo peor para cada uno. Cuando tomaba una decisión, acababa imaginando que había sido la equivocada, incluso si sus efectos eran beneficiosos, pues suponía que los de la decisión contraria lo habrían sido aún más. Ninguna felicidad le parecía perfecta.

A causa de ese temperamento indeciso, la señorita Adela dudó mucho antes de tomar la determinación de abandonar al hombre con el que tenía relaciones amorosas, pero al fin se atrevió a hacerlo. El día en que comenzaba el verano de 1950, le anunció a su prometido, Alejandro Molina, que había decidido poner fin a los tratos sentimentales que mantenían desde hacía cinco años. Mientras paseaban junto a la orilla del mar, la señorita le explicó a Molina que las disputas se habían vuelto entre ellos tan numerosas que no era ya apenas posible conversar sin llegar a la riña. Ella había perdido, además, el buen ánimo, y allí donde antes encontraba confianza, no quedaban ahora sino sospecha o molestia. El tiempo —le dijo— había ido mudando poco a poco los propósitos o las apetencias como suele hacerlo, de modo que Molina no era ya el hombre junto al que ella imaginaba la felicidad: no encontraba mucha belleza en su rostro ni en sus ademanes; la bravura de sus modales, que años atrás la habían embrujado, la desagradaban ahora; el vigor y el genio que entonces había visto en sus actos habían desaparecido; y los sueños que habían urdido juntos al conocerse —las aventuras en tierras lejanas, las noches de amor, las románticas audacias— se habían ido convirtiendo en ilusiones olvidadas o en incredulidades. "Sigo amándote", dijo la señorita Adela como si recitara un bolero, "pero hemos de separarnos".

Alejandro Molina, que aunque a veces fiero de carácter era temeroso y de temperamento flojo, se acercó al borde de las olas y comenzó a llorar desconsoladamente. Después de protestar por aquellas censuras que había escuchado, prometió a la señorita Adela encender de nuevo la llama de su corazón, y le juró enmendar sus yerros y pagar las culpas que tuviera. Como era poeta, pronunció algunos versos que exaltaban los tristes amores que nunca terminan. Ella, sin embargo, fue tenaz. Dijo que no escucharía más juramentos engañosos. Con antipatía, añadió que aquellos llantos de mujer que Molina derramaba y aquella tozudez con que porfiaba para no quedar desamparado eran prueba del provecho torcido de su alma. Él, arrodillado a su lado, fue sofocando sus quejidos. Luego, al cabo de un rato, se levantó con elegancia, sacudió las rodilleras de su pantalón, se estiró las mangas y, sorbiéndose las últimas lágrimas que le mojaban la nariz, dijo con altanería: "Está bien claro que no eres mujer que merezca llanto. Confío en que tu perversidad tenga escarmiento. Yo te maldigo". Y dándose la vuelta se alejó de allí. La señorita Adela extendió entonces el parasol frente a sí para llorar a escondidas y no ver cómo el hombre al que todavía amaba se iba con paso decidido de su lado, sin volverse para mirarla.

Durante las siguientes semanas, Adela derramó lágrimas de mujer por el amor perdido. Encerrada en la casa junto a su madre, pasaba los días y las noches en la galería contemplando los árboles del jardín —las altas copas, la espesura verde— y recordando con dolor el tiempo que había vivido al lado de Alejandro Molina. Miraba en las fotografías del álbum su apostura juvenil, su brío, el ademán masculino con que la abrazaba en algunos retratos. Dando suspiros al aire, la señorita Adela pensaba entonces en las ambiciones que habían tenido, en los sueños, en las promesas que se habían hecho uno al otro durante tanto tiempo: Molina, que escribía versos, llegaría a alcanzar la celebridad, la gloria literaria, y ella, vestida con largos trajes, desfilaría junto a él en los agasajos y en las conmemoraciones; viajarían al centro de África, a los bosques de Canadá, al hielo de la Antártida, a los palacios de Moscú; cruzarían los océanos y los continentes; construirían una casa a las afueras de la ciudad, en la ladera de una colina desde la que se viese el mar y pudieran distinguirse, en el horizonte, a lo lejos, los mástiles de los barcos que llegasen; tendrían seis hijos —varones y hembras— a los que darían nombres de grandes artistas; y cada año, en el principio del otoño —era la fecha en que se habían conocido, su aniversario— celebrarían en la casa una gran fiesta que duraría días y noches y en la que reunirían junto a ellos a los amigos lejanos.

Entristecida por el recuerdo de esas pasiones, la señorita Adela tuvo ganas de escribirle a Alejandro Molina una carta rogándole indulgencia y confesándole el amor que aún sentía. Una noche, incluso, llegó a hacerlo, pero al fin, cuando la carta estaba ya concluida, tuvo entereza y la rompió, pensando que aquellos ímpetus eran fruto de la flaqueza y no de la sensatez. Con las trizas de papel aún en la mano, apretadas en el puño, fue a la alacena en la que se guardaban los licores de la casa y buscó la botella de la que siempre bebía Molina. Se sirvió un vaso, luego otro. Cuando amanecía, del puño, flojo ya, se le cayeron los trozos de la carta. Se durmió sobre la mesa de la cocina, soñando con los palacios de Moscú y los desiertos de África.

Molina, en cambio, sí envió las cartas que iba escribiéndole, al menos cinco de ellas. En la primera, que entregó en mano un heraldo tres días después de la separación, le refería las penas que estaba sufriendo por su abandono y le rogaba perdón por la insolencia que había mostrado en el momento de la despedida. En un libro encontró una frase que, aunque no venía a cuento del razonamiento, le pareció apropiada para expresar su dolor: "Los días son quizás iguales para un reloj", copió como si la inventara, "pero no para un hombre".

La segunda carta tenía fecha también temprana, casi consecutiva, pero Adela la recibió mucho más tarde, al final del primer mes. En ella, Molina anunciaba su deseo de morir y describía un paraíso transterrenal en el que hallaría por fin el reposo que buscaba. "Veré en el rostro de los ángeles y de los arcángeles", escribió con caligrafía temblorosa, "los ojos llenos de luz que tú has cerrado para que yo no los mire".

Las dos siguientes, más tardías, estaban llenas de reproches y de insultos. Acusaba en ellas a la señorita Adela de todos los pecados, desde el de soberbia hasta el de traición, y mentía deliberadamente inventando censuras y reprimendas, pues sólo así podía explicarse que criticara también su ira, la ira de la señorita, quien era, según juzgaban sin dudarlo todos los que la conocían, una persona mansa. Con memoria y minuciosidad de loco, recordaba Molina en esas cartas algunos episodios del pasado en que la señorita Adela había tenido comportamientos poco dignos: cuando en una reunión familiar en la casa veraniega de los Molina se durmió sobre el hombro de él durante una sobremesa, despreciando la conversación de sus padres; cuando había sonreído en un baile a un joven muy apuesto que la pretendía; cuando olvidó —dos veces, quizá tres— el día del cumpleaños de Molina; cuando se negó a viajar durante unas vacaciones a la costa del Mediterráneo, que él tanto deseaba conocer; o cuando compró para una celebración a la que asistiría toda la sociedad de la provincia un vestido que a él le disgustaba y que había desaprobado al verlo sobre el maniquí de la modista. De algunas de aquellas censuras, la señorita Adela, que no recordaba nada de cuanto Molina contaba, sólo podía imaginar que eran mentiras; de las otras pensaba que eran disparates de alucinado, visiones, pues únicamente así se comprendería que él todavía tuviera memoria, por ejemplo, del nombre del muchacho que la había cortejado en aquella fiesta, nombre que si ella llegó a conocer alguna vez —porque tal vez ni siquiera fueron presentados—, había olvidado hacía ya mucho tiempo.

La última carta, la quinta, no parecía haber sido escrita para la señorita Adela, sino para la posteridad. Era la carta de un poeta, de un artista doliente que, después de anunciar que cantaba a un amor perdido y a una mujer ingrata, se entretenía sin embargo en quejas líricas acerca de cualquier asunto, y lo mismo hacía aparecer en su explicación el mal de la muerte que el del granizo, reuniendo en el mismo argumento, verbo con verbo, una montaña, una estatua y la armadura de un caballero.

La señorita Adela leyó con aprensión todas las cartas que Molina le enviaba. Alguna de ellas la tuvo entre las manos durante días sin atreverse a abrirla, temiendo sus palabras. Pero poco a poco —en el segúndo mes, en el tercero—, fue recobrando la serenidad, y, aunque pensaba en Molina a cada instante, no era ya con desconsuelo, sino con melancolía. Tenía la certeza de haber obrado bien y de que no se arrepentiría después como su abuela. Volvió a asistir a los oficios de la iglesia y a pasear por el espigón. Comenzó a frecuentar a Ramiro Sansegundo, uno de los amigos de Molina que nunca le había mostrado simpatía, pero que ahora, tras la separación, le ofrecía su auxilio si lo necesitaba. Aceptó de nuevo algunas de las invitaciones a convites y bailes que le enviaban a casa, y al final del tercer mes, cuando el verano ya acababa, acudió a un espectáculo de teatro y estrenó un vestido. Esa noche se dejó acompañar desde el vestíbulo hasta el coche por un hombre. Se mostró fría con él y apenas le habló, pero al despedirse movió la mano ligeramente para que se la besara.

La señorita Adela creyó que no volvería nunca a hablar con Alejandro Molina ni a tener noticias de su vida, pues a menudo le había visto comportarse despechado y tratar con abominación a aquellos que le habían ofendido. Era una de las conductas suyas que más la disgustaban y por la que más veces le reprendía. En una ocasión, por ejemplo, Molina había comenzado a discutir de asuntos políticos inoportunamente en casa de unos amigos que les habían invitado a cenar. El anfitrión, que era un hombre templado y de buen juicio, rebatió con mucha educación algunas de las afirmaciones inconsistentes y atrabiliarias de Molina y le mostró algunos documentos publicados por los periódicos en los que se probaban las opiniones contrarias a las que él defendía. Molina, sin embargo, siguió porfiando, cada vez más impertinentemente. Lo mismo le daba ya sostener la verdad o la mentira, pero no podía consentir que aquel individuo amigo suyo le riñera y que lo hiciera además con tanta displicencia. Al final, después de más de dos horas de fanatismo, se fueron de la reunión con enojo. Molina, herido en su orgullo, no volvió a decir nada del asunto, pero a partir de ese día se dedicó a desacreditar con calumnias a su amigo. No respondió a ninguna de sus llamadas ni contestó a sus cartas, y si alguna vez se lo encontraba en público le ignoraba como si fuera un desconocido. Cuando se hablaba de él en alguna conversación con amigos comunes o cuando la señorita le mencionaba de pasada a propósito de cualquier asunto, a Molina se le nublaban los ojos de resentimiento. No le perdonó jamás.

Ésa era su forma de comportarse si se le contradecía categóricamente o se le mostraba un afecto dudoso. Incluso a ella, a la señorita, la había tratado a veces con hostilidad y saña por poquedades de las que sólo él se daba cuenta: un gesto de desprecio que era inocente, un desacuerdo trivial o una desobediencia. Por eso, cuando tomó la decisión de abandonarle, Adela llegó a temer una venganza o un escarmiento de los que él acostumbraba a tramar para sus enemigos: la difamación, la intriga, el hostigamiento. Imaginó que esos vilipendios que le había escrito en las cartas los iría también contando en los mentideros de la ciudad para manchar su reputación, de modo que pronto hablarían todos, por ejemplo, de su desvergüenza con el muchacho aquel al que había sonreído en una fiesta, y poco después, en cuanto las murmuraciones hubieran andado por dos o tres salones y algunas alcobas, comenzarían a oírse otras maledicencias mayores: enseguida se diría que habían sido amantes una noche, luego que habían seguido viéndose a espaldas de Molina durante mucho tiempo, y por fin se descubriría que aquel joven era sólo uno más de cuantos habían sido seducidos por ella, por sus sonrisas indecentes y sus deshonestidades.

Le sorprendió a la señorita, pues, que al cabo de varios meses, en la mitad del otoño –poco después de la fecha del aniversario–, Molina acudiera a la casa a visitarla y, con gesto amable, con dulzura, le fuera contando pormenores de lo que le había acontecido en ese tiempo, desde que se separaran, y le anunciase que en el plazo de una semana partiría de la ciudad hacia Madrid, donde le había sido ofrecido un trabajo de periodista literario. La señorita Adela le preguntó si le guardaba aún algún rencor. Molina mostró asombro: irguió el cuello, abrió la boca en círculo y alzó las manos como si reconviniera aquel pensamiento. "No", dijo, "sólo siento amor". Y se apresuró a corregir la duda: "Amor de hermano, de compañero". Después, con la cabeza agachada avergonzadamente, haciendo rodar entre las manos su sombrero, le hizo una confesión: "Te aborrecí por haberme abandonado, es cierto. Pero al fin comprendí que el único modo de cumplir esos sueños que tuvimos juntos es separarnos uno del otro". Alzó entonces los ojos para mirarla y añadió: "Yo podría llevarte a las selvas de África y a los palacios de Moscú, pero no serías feliz conmigo". La señorita Adela, conmovida, se echó a llorar de gozo y abrazó a Molina. Luego trajo el licor que él bebía y sirvió dos copas. "Por los palacios de Moscú", dijo en el brindis, "donde volveremos a encontrarnos algún día". Y al beber, paladeando, miró la copa, el color bermejón del líquido a través del cristal, y añadió: "Qué dulce, qué sabroso".

Después de aquel día, la señorita Adela no volvió a enfermar de melancolía al recordar a Alejandro Molina. La docilidad con la que él aceptó la separación y aprobó sus razones en esa última conversación de despedida era prueba de que ella había obrado con juicio al abandonarle, pues de lo contrario Molina nunca habría calmado su ferocidad para reconciliarse. Durante las siguientes semanas lo recordó así, humilde, amable, sentado en el diván de la gran sala con la copa de licor rojo alzada en la mano para brindar. Luego, dichosa por haber logrado recobrar el respeto de aquel hombre a quien tanto había amado, se entregó de nuevo sin comedimiento a la alegría y a las pasiones.

Comenzó entonces a aceptar las invitaciones que le hacía uno de sus pretendientes. Visitó con él algunos restaurantes de postín, consintió en ser presentada a sus amigos, e incluso dejó que le besara el cuello una de las noches en que la acompañó hasta su casa paseando; pero el idilio no tuvo más fruto, pues Adela se dio cuenta enseguida de que el mozo –poco joven además– no poseía encanto ni prendas suficientes para durar. Accedió a las galanuras de otro hombre, y pasó junto a él, en un pueblecito de la montaña, los meses del verano. Al regresar a la ciudad, sin embargo, empezó a sentir aburrimiento de escucharle, y más tarde, cuando en alguna tarde lluviosa él la visitaba y se quedaban durante horas contemplándose, callados, se confesó a sí misma que tampoco aquél habría de ser el hombre por el que olvidara sus tristezas.

Su siguiente galanteador fue un jovencito bisoño que escondía los ramos de flores en la espalda cuando llamaba a su puerta y le entrelazaba los dedos de la mano al pasear. Después conoció a un caballero que le recordaba a su padre muerto: la finura de otro tiempo, la delicadeza de modales, el pundonor. Se la vio luego varias veces en compañía de un forastero con el que viajaba cada viernes a algún lugar de la provincia para visitar fiestas o recorrer verbenas.

Quienes la observaban con atención –su madre, sobre todo, y Ramiro Sansegundo, que se había convertido casi en su confidente–, aseguraban que a la señorita Adela no le satisfacían nada aquellos amores, pues aunque se la viera reír y alborotar, aunque gastara lujos y aparentase picardías, no parecía demasiado feliz. Ella, en efecto, seguía acordándose de Alejandro Molina e imaginando esos lugares que soñaban juntos. Al volver a casa después de sus citas, se tumbaba en la cama con la luz apagada y vislumbraba el paisaje de los jardines salvajes de África o pronunciaba en voz alta alguna de las poesías que Molina había escrito para ella. Leía libros sentimentales y a menudo pensaba que la vida era aquello.

Aún tuvo otros tres o cuatro amantes sin buena sustancia antes de encontrar a Ricardo Bergara, el hombre que le hizo olvidar los desengaños y las fantasías. El joven Bergara, un ingeniero que investigaba fertilizantes para acrecentar las cosechas, era, en temperamento y en ambiciones, lo contrario que Molina: donde éste representaba furia, aquél sosiego; donde éste actuaba con la pasión, aquél con el juicio; donde el uno mostraba la tenebrosidad –si se nos permite decirlo con expresión romántica, como la señorita Adela lo sentía–, el otro, Bergara, presentaba la luz; donde antes se hallaba arrojo, ahora constancia; y, sobre todo, donde Molina había animado temor y duda ofrecía su sucesor confianza, resguardo y fortaleza. Contemplando a uno y otro, la señorita Adela creyó comprender que el amor verdadero, del que tantas palabras vanas había dicho durante la juventud, no era como siempre lo había imaginado, destemplado y brutal, sino mucho más calmado, quieto como el agua de una laguna, apagado como el sueño.

Al cabo de un año de noviazgo, la señorita Adela y Bergara anunciaron que iban a casarse. La boda se celebró en la iglesia grande, y al banquete, para el que se construyó una carpa en los prados de pastoreo de la familia del novio, asistieron más de cuatrocientos invitados. Durante ese día, la señorita no se acordó de ninguno de sus amantes ni tuvo nostalgia, pero a la hora de los postres, en los brindis, los camareros ofrecieron licores, y entre las botellas pudo ver una de jarabe rojo como el que Molina bebía. Pidió un sorbo, y, mientras se mojaba los labios, recordó vaguedades de otros tiempos. Luego vino Ramiro Sansegundo a buscarla para inaugurar el baile.

Pasaron la luna de miel en la isla de Mallorca, como estaba de moda entre la gente de posibilidades, y al volver, diez días después de la partida, le fue entregada a la señorita Adela una carta. Aunque no tenía remite, supo enseguida por la caligrafía que era de Alejandro Molina. Rasgó el sobre con impaciencia, pero el miedo le hizo tardar en desdoblar la hoja de papel para leerla. Molina, que se había marchado hacía ya más de dos años, contaba sus tristes peripecias en Madrid. Aquel trabajo de periodista literario que le habían ofrecido había sido un engaño, pues en realidad le emplearon como archivero de libros en una gaceta, y poco después de comenzar, cuando se quejó al director, le despidieron. Desde entonces había sobrevivido —lo confesaba con poco pudor, le pareció a la señorita— dando timos y sablazos y haciendo fullerías. Había escrito, eso sí, tres libros de poemas y una novela realista, pero los editores a los que se los había enviado los habían devuelto sin demasiadas excusas ni parabienes de aliento. Vivía en una pensión maloliente de uno de los barrios antiguos y comía casi de caridad en un local que había en los bajos del edificio, en la taberna El Fígaro, que era propiedad de un cantante de zarzuela retirado y medio mudo con el que había hecho amistad. No le enviaba a la señorita las señas de la pensión, sin embargo, porque tal vez pronto le echaran de allí a causa de las deudas, y porque, además, no le resultaría animoso tener noticias de la mujer que le recordaba los dulces sueños de la juventud, los sueños que ahora —concluía Molina— eran sólo aire frío y helado.

A la señorita Adela, que leía la carta ensimismada, le sorprendió el abrazo de Ricardo, quien, de regreso de los campos, había entrado de puntillas y le rodeaba ahora la cintura desde la espalda. Ella, emocionada por algo que aún no entendía, no pudo contener el llanto, pero para esconderlo se dio la vuelta y juntó su cuerpo con el de su esposo. Puso en el pecho de él el rostro hasta oler la piel debajo de la ropa. Tuvo entonces un sentimiento de piedad, y, aunque su devoción no era muy grande, dio gracias a Dios por haberla guiado en el laberinto de los amores, donde tantos se pierden.

—¿Por qué lloras? —le preguntó Ricardo, poniendo sobre su oreja los labios para hablar muy bajo, susurrando como si dijera ternezas.

La señorita Adela, abrazada a aquel hombre hermoso y fuerte que la amaba, abrigada por su calor, sintió compasión por Alejandro Molina, y, con un estremecimiento que Bergara sin duda notó, pues la apretó aún más, se imaginó a sí misma viviendo junto a él en aquella pensión de Madrid, rodeada de muebles desvencijados y sucios, sentada sin hacer nada junto a la ventana de la habitación, en cuya cama dormiría cada noche como había visto que hacían los pobres, vestidos con toda su ropa para aliviar el frío; imaginó el hambre, las sopas y los potajes de las casas de comidas baratas y las sobras de los almuerzos de otros a las que el dueño de la taberna El Fígaro le invitaría, el café calentado en puchero; e imaginó también las visitas de Molina a las editoriales, los poemas que escribiría en las noches a la luz tenue y amarillenta de una lámpara vieja, aprovechando el reverso de papeles de otros, los márgenes de periódicos. De repente, sintió en la ropa de Ricardo el olor de su perfume, suave, dulzón, y separándose un poco de él, levantando la cabeza que tenía hundida en su pecho, le miró a los ojos. No dijo nada, pero Bergara vio en su expresión que lo amaba ahora como nunca hasta ese momento lo había amado, y, aunque no entendió las razones de aquella euforia, se sintió dichoso y volvió a abrazarla con más fuerza.

Esa noche o en la del día siguiente, la señorita Adela se preñó de su primer hijo, que nacería varón y recibiría, en honor del abuelo de Ricardo, el nombre de Cesáreo. El mismo correo que trajo las cartas que le enviaban felicitaciones por el alumbramiento le entregó una de Alejandro Molina, quien, sin haber tenido aviso del suceso, a ciegas, hablaba casualmente en ella de su sueño de ser padre de un niño. "En estas horas de abandono y de soledad", había escrito, "me parece que debe ser un acontecimiento afortunado poder mirar a alguien que es uno mismo". En aquella carta hacía además un anuncio extraordinario: se marchaba de España. Un editor de California que por azar había leído alguno de sus escritos quería contar con él entre su equipo de ayudantes. No tenía una oferta precisa ni sabía siquiera si aquel editor era un hombre de bien o un rufián, pero puesto que en Madrid no encontraba esperanzas de seguir sobreviviendo, había decidido partir sin mayor tardanza. Cuando ella recibiera la carta, él estaría ya en mitad del océano, rumbo a América.

Aunque sintió de nuevo una gran compasión por aquel hombre cuyo rostro casi ya no podía recordar, la imagen de un buque cruzando el océano llenó de ensoñaciones a la señorita Adela por un momento, y cuando esa noche Ricardo volvió a casa, le pidió que la llevara a algún lugar lejano. "Yo siempre quise viajar", le dijo. "Siempre quise conocer los países remotos." Ricardo le acarició el cuello y le prometió que en cuanto el niño Cesáreo pudiera ser abandonado al cuidado de una nodriza, se tomarían unas largas vacaciones. "¿Adónde te gustaría ir?", le preguntó. La señorita Adela cerró los ojos y calló durante mucho rato, como si pensara o imaginase.

—A América —dijo al fin—. A los desiertos de Arizona, a los bosques gigantes de California.

Ricardo Bergara cumplió su palabra, y siete meses después, cuando Cesáreo dejó de alimentarse del pecho de la madre, se embarcaron en un avión que les llevó hasta Nueva York, y allí en otro que, cruzando el continente, les dejó por fin en la ciudad de Phoenix, desde donde viajaron en coche hacia el cañón del río Colorado atravesando desiertos en los que se veían nubes de arena y cactus. En el cañón pasaron tres días, hospedados en un hotel confortable que había al borde del despeñadero. Desde el balcón de su habitación podía verse, en la pendiente del precipicio del lado opuesto, un arco iris hermosísimo de tierras rojizas. La franja de cielo más próxima a la tierra —un delgado cordón extendido encima del abismo— también se volvía roja al comenzar el anochecer, y la señorita Adela, sentada allí, contemplándolo en aquel grandísimo silencio, pensaba que la vastedad de ese paisaje, la hendidura tan profunda de la tierra abarrancándose hacia el río que no podía verse desde arriba, la chicharrería de vientos silbadores y de insectos, la luz azulina del aire y el ruido del salto de lagartos o de ardillas, eran una escritura, una prueba de algo, y se acordaba entonces de su madre arrodillada en el reclinatorio de la iglesia haciendo plegarias para agradecerle a Dios sus obras. La señorita Adela tuvo allí —y se lo dijo a Ricardo, que la abrazó como se abraza a veces a aquellos cuyas palabras no se acierta a comprender bien– ese extraño sentimiento, tan poco humano, de que la muerte no debía ser temida. Miró aquel desfiladero gigantesco en el que las laderas parecían estar siempre quemándose por llamas anaranjadas y púrpuras, y sintió valor. Después alegría; y por fin un placer muy dulce, como el del principio del sueño tras una gran fatiga. Le habló de todas esas sensaciones a Ricardo, pero él, que no acertaba a comprender bien lo que decía, se acercó a ella y la besó para no tener que responder. Mientras la besaba, la señorita Adela, súbitamente triste por aquel silencio de su esposo, pensó en Alejandro Molina, y cuando Bergara comenzó luego a hablar de las sales y de los hidratos de fertilizantes que podrían convertir aquellos desiertos en un vergel y hacer crecer en las laderas rojas plátanos altísimos, abedules blancos, limoneros y almendros, cerró los ojos, como solía hacer cuando quería olvidarlo todo, y se tumbó en la cama para dormir.

A pesar de esa incomprensión, que a la señorita Adela le produjo disgusto, en alguna de aquellas noches fue concebido el segundo de sus hijos, a quien llamarían Daniel. El médico le confirmó esa nueva maternidad dos meses después de su regreso, el mismo día en que le fue entregada la primera carta que

Alejandro Molina enviaba desde América. Adela la tuvo entre las manos con emoción, y luego, a solas, rasgó el sobre y comenzó a leerla. Era breve —dos cuartillas caligrafiadas por un solo lado—, y en ella mostraba Molina poco ánimo. El editor de California, como temía, había resultado ser un charlatán arruinado que no podía ofrecerle ni empleo ni fama. Había encontrado trabajo en un restaurante ayudando en las cocinas y sirviendo mesas, y por las noches, cuando volvía al cuarto que compartía con un mexicano que también había llegado allí buscando fortuna, continuaba escribiendo: había comenzado a redactar unas memorias, en las que, por supuesto, aparecía la señorita Adela. La carta, como siempre, no tenía remite, aunque el registro del franqueo, que podía leerse con claridad sobre el dibujo de los sellos, era de la ciudad de San Francisco.

La siguiente carta no tardó tanto tiempo en llegar. La señorita Adela la recibió tres meses después, y en ella, por primera vez, encontró buenas noticias. Molina se había enamorado de una mujer que, al parecer, le correspondía, pues había accedido a salir con él. La había conocido en las oficinas de un editor de Los Ángeles que, después de leer las primeras páginas de las memorias que estaba escribiendo, le había llamado para negociar su publicación. La mujer, que se llamaba Helen, trabajaba con el editor asesorándole. Molina decía de ella que era guapa, morena y de cuerpo menudo; que tenía en el rostro la belleza extraña de algunos rasgos indios; que su cultura le abrumaba e incluso le avergonzaba a veces, cuando citaba de memoria, y a propósito del hilo de cualquier conversación, versos de poetas u opiniones de filósofos. Tal vez por la influencia de ella, cuyos juicios eran muy apreciados, el editor había aceptado contratar su obra, de modo que ahora le pagaban por escribir. Había abandonado su trabajo en el restaurante y se había mudado de ciudad: de San Francisco (ahora sí la nombraba) a Los Ángeles. Vivía en un apartamento pequeño cerca de Hollywood, y, aunque por la obligación que había contraído con el editor debía pasar casi doce horas diarias escribiendo para poder concluir a tiempo ese relato de memorias, aun podía salir a pasear por el barrio algunos ratos, y en esos paseos había podido ver por aquellas calles, entrando o saliendo de los cines, en los restaurantes, bajando de coches frente a los estudios, a Cary Grant, a Kim Novak, a Cyd Charisse y a Mary Astor, que poseía, según le había parecido, una deslumbrante belleza.

Al leer todo esto, la señorita Adela sintió una rara melancolía, pero lo que en verdad le inspiró tristeza, lo que la forzó a llorar con ahogo, conmovida, como si acabara de perder lo más valioso que hubiera poseído nunca, fue el relato que, ya al final de la carta, Molina hacía del viaje al cañón del río Colorado con que él y Helen habían celebrado la firma del contrato con el editor. Describía exaltadamente el paisaje de aquella sima roja, en la que —decía con bucolismo de poeta— se iba encerrando poco a poco la luz a la hora del atardecer, como si al apoyarse en la tierra se hundiera, como si volviera a un estuche. Acercando los ojos a la carta, la señorita Adela pudo ver que los trazos de la caligrafía de aquel pasaje, puntiaguda y nerviosa, habían trinchado el papel en algunas partes, y al pasar el dedo sobre las letras, como los ciegos, notó que podía distinguirlas. Leyó las palabras de Molina —escritas con la prisa de quienes al despertar necesitan fijar los sueños que acaban de tener para no olvidarlos— igual que si hubiera sido ella misma quien las dictara. Volvió a ver ante sí las laderas, las paredes de roca cortada elevándose desde el fondo hasta llegar a suelos muy rectos, a las llanuras del desierto; reconoció las manchas de árboles dispersas semejando a lo lejos agujeros o pequeños cráteres, huecos de esponja cavados en la tierra; distinguió la sombra de reptiles entrando entre piedras, el perfil de pájaros muy grandes en el cielo, la vaporosidad de nubes de color; y vio, sobre todo, aquella profundidad lejanísima que parecía sepultarlo todo, aquel hundimiento lleno de cerros y colinas en los que sólo había silencio. Y entonces, al acabar de leer la carta, la señorita Adela se dio cuenta de repente de que, aunque Ricardo Bergara era el hombre al que ella amaba, habría deseado que Molina no se hubiera marchado de su lado, pues algunas de las cosas que deseaba contar a alguien sólo él podría llegar a comprenderlas. Esa noche, después de muchos años, se acordó del muchacho de Camagüey al que su abuela había abandonado para volver a España.

Mientras la señorita Adela daba a luz a su segundo hijo, el libro de Alejandro Molina, escrito en español, fue publicado en California y en México y en pocos días alcanzó tanto éxito que de inmediato comenzó Helen a traducirlo para la edición inglesa. Adela recibió un ejemplar junto a una nueva carta, en la que, por primera vez, figuraba dirección de remite. En sus palabras, Molina trataba de ser humilde, y aseguraba que la aclamación que había logrado con *El rostro de los ángeles* —así se titulaba el libro— era fruto únicamente de la casualidad y de las buenas industrias de la editorial, pues a él le parecía, al releerlo, que tenía pasajes demasiado oscuros y que la escritura, recargada y llena de adornos, no poseía el mérito suficiente.

La señorita Adela tembló al sostener entre las manos el libro. Hizo abanico con sus páginas sin mirarlas, intentando no leer todavía nada, ninguna palabra, ningún nombre. La cubierta era muy sencilla: una fotografía de un hombre de espaldas, encarado a un muro blanco, sobre la que estaba escrito el título. El libro era delgado, apenas doscientas páginas, y el papel, mal cortado en los filos, tenía color de hueso y rugosidad.

Durante muchos días, la señorita Adela lo guardó junto a ella, en la cercanía, sin atreverse a comenzar la lectura. Lo ponía sobre sus rodillas mientras daba de mamar al niño Daniel, lo llevaba en el bolso si salía a pasear o a hacer algún recado, o al acostarse lo colocaba entre los otros libros que tenía en la mesilla de noche para leer durante algún desvelo. Le daba miedo abrirlo, y si lo hacía miraba a otra parte para no ver nada. A Ricardo le había hablado de él con desentendimiento, como si fuera una curiosidad, e incluso se lo había mostrado para que lo examinara. Ricardo sí había leído algunas palabras, frases sueltas, nombres propios de personajes y de lugares, y luego había dicho, riendo, sin ningún recelo, que Molina le debía aquella inspiración a ella, y que él mismo, Bergara, que nunca había aprendido bien la ortografía ni la gramática, podría escribir un libro si se lo propusiera, pues le habían dicho que al dormir con una musa mucho tiempo se iban prendiendo en la inteligencia las luces de la poesía.

A la señorita Adela se le volvió el temperamento un poco nervioso. Se entristecía a veces sin ningún motivo, tenía calores incluso en las noches frías, la irritaban los trajines alborotadores de Cesáreo y sentía disgusto por las tareas a las que la obligaba el cuidado del niño Daniel, quien aún seguía despertándose en mitad de la noche para mamar su leche y lloraba a gritos sin que ninguna caricia le aliviara. No quería, sin embargo, comenzar a leer el libro de Molina, a pesar de que sabía que aquella duda era la única causa de su pesadumbre. Le atemorizaba hallar lo que sobre sí misma estuviera escrito en el relato, pero sobre todo le inspiraba horror la posibilidad de desear tras la lectura que aquello fuera todavía suyo, de tomarle aprecio a algo que no la pertenecía, a lo que había renunciado al apartar a Molina de su vida. La espantaba, en fin, el arrepentimiento, y mientras miraba en la cubierta del libro la fotografía del hombre vuelto de espaldas contra el muro, recordaba cómo Molina y ella habían soñado a veces con los agasajos y las conmemoraciones que se celebrarían algún día para honrar la fama literaria de él, cuando triunfara.

Una noche de desvelo, por fin, se atrevió a abrir el libro y comenzó a leerlo. Al miedo siguió enseguida la confianza, y más tarde, cuando hubo acabado los primeros capítulos, la alegría, pues comprobó que no había ninguna causa para temer nada de cuanto había temido. El rostro de los ángeles era un relato aburrido y de poco interés incluso para ella, que había sido retratada en el personaje de Leonor Pascal, una damita caprichosa y algo pánfila de la sociedad de provincias que soñaba con viajar a Moscú para visitar sus palacios. Se sintió feliz por haber abandonado a Molina, por estar lejos de él, y su amor por Ricardo Bergara, del que nunca había dudado, se fortaleció aún más.

Cuando hubo terminado de leer el libro, le escribió a Alejandro Molina una carta en la que, con cortesía, le agradecía que se lo hubiera enviado y le reprochaba amablemente que hasta entonces no hubiera puesto remite en sus cartas. Explicaba, inventando ideas y sensaciones, que *El rostro de los ángeles* le había parecido un libro extraordinario, y que al leerlo, estremecida, embelesada, había deseado hacer volver el tiempo en el que estaban juntos. Luego le contaba con detalle todo lo que le había sucedido desde que él se fue de la ciudad: se había casado con un ingeniero que investigaba fertilizantes y había tenido con él dos hijos, Cesáreo y Daniel. Su madre, viejecita ya, gozaba aún de buena salud. A Ramiro seguía viéndolo de vez en cuando, aunque el paso de los años, como suele suceder, les había distanciado un poco. Le daba noticia de algunos otros amigos —de quienes, por lo demás, ella no sabía casi nada—, y luego se despedía con una afectación casi de protocolo.

En los siguientes meses, la vida de la señorita Adela recobró el sosiego. Ricardo hizo un hallazgo en el que llevaba trabajando muchos años, y entonces, quizá por el júbilo, se volvió más bondadoso y templado. También más sabio, según le pareció a la señorita, que cuando le escuchaba ahora hablar de sus fertilizantes y de los prodigios que con ellos podían lograrse, se quedaba embobada durante horas, imaginando en silencio todas aquellas maravillas naturales que describía Bergara. Le preguntaba a veces por el cañón del río Colorado, donde, según él había dicho cuando estuvieron allí, podría hacerse crecer una vegetación formidable, como la de las tierras fantásticas de cuentos y de fábulas. Al acostarse por las noches, la señorita Adela cerraba los ojos y veía los plátanos gigantes, los abedules, las secoyas y los avellanos alzándose deprisa sobre el suelo.

Cesáreo, que cumplió tres años, era un niño rubicundo y alegre al que le gustaba especialmente tumbarse en la cama antes de dormir a escuchar las historias que Adela o Ricardo le contaban. Daniel, el más pequeño, había comenzado a hacer las travesuras de la edad, y los muebles de las habitaciones, dentados ya antes por obra del mayor, sufrían ahora sus daños. En las reuniones que la señorita Adela hacía en casa algunas tardes, él era el centro de atención de todas las mujeronas, sobre todo de las solteras y de las de poca fecundidad, que se lo pasaban unas a otras de mano en mano haciéndole zalamerías y diciéndole simplezas. Entre estas damas amigas de Adela estaban las más distinguidas de la ciudad. Sus padres o sus esposos eran procuradores en Cortes, banqueros, ricos empresarios, artistas de talento e incluso jefes eclesiásticos. Ellas, las mujeres, se reunían a solas en las meriendas y se citaban una o dos veces por semana para ir al cine, pero se encontraban también, acompañadas entonces de sus maridos las que lo tenían, en los acontecimientos sociales y en las funciones de teatro. A veces, dos o tres matrimonios viajaban juntos a los hoteles de montaña para pasar un fin de semana, y en las vacaciones se invitaban unos a otros a sus casas de veraneo. Adela y Ricardo, sin embargo, preferían estar solos cuando salían de la ciudad y, en cuanto él tenía unos días libres, se marchaban lejos: habían ido a San Sebastián, a

Barcelona y a Madrid varias veces, e incluso a Burdeos, y la señorita ya estaba tramando un largo viaje a Italia.

Las cartas de Alejandro Molina no dejaban de llegar nunca, aunque en algunos periodos eran largas y minuciosas y en otros solamente notas muy breves, tarjetas postales de diferentes lugares de los Estados Unidos o de México en las que escribía saludos y anunciaba de pasada alguna noticia. La señorita Adela, que cada vez encontraba más disgusto en aquellas cartas, las respondía casi siempre. Cuando Molina le comunicó que Helen estaba embarazada y que iban a tener un hijo, ella reunió toda su elocuencia para felicitarle con unas palabras de alborozo que sin duda eran poco sinceras; cuando él le contó que la edición inglesa de su libro estaba triunfando aún más que la castellana, y que los derechos de autor de una y otra le habían convertido en un hombre rico, la señorita le contestó que se alegraba de que por fin pudiera vivir con el acomodamiento que merecía, puesto que el dinero era, al fin y al cabo, más alivio del espíritu que del cuerpo, como ella misma había podido comprobar ahora que –aprovechaba para decírselo– tenía también una considerable fortuna gracias a los descubrimientos de su esposo Ricardo; cuando Molina le hablaba de los clubs de Hollywood, de las galas, las ceremonias, las fiestas y los espectáculos a los que debía ir, ella, que imaginaba todo ese oropel de ensueño, le compadecía asegurando que a medida que iba cumpliendo edad encontraba mayor fastidio en esos compromisos sociales, llenos de obligaciones rituales, de frivolidad y de fingimiento; y cuando él le relataba sus viajes a las universidades de Nueva Orleáns, de Boston, de Florida o de Chicago, donde le invitaban a dar conferencias y a participar en cursos, la señorita Adela elogiaba los paisajes de las tierras de España y la sabiduría de la cultura europea.

A pesar del desagrado que sentía al leer aquellas cartas, la señorita Adela las aguardaba cada vez con más impaciencia, y cuando había transcurrido un plazo demasiado largo sin recibir ninguna, se inquietaba y comenzaba a tener malos presagios. Poco a poco, esa correspondencia se había convertido en uno de sus hábitos más particulares, y su lectura, que realizaba a solas, encerrada con llave en el dormitorio para que nada la disturbara, era una especie de alimento espiritual que, como antes las novelas románticas, la embebecía hasta hacerle perder el sentido de la realidad. Al leer aquellas cartas iba imaginando todo lo que en ellas le contaba Molina con más detalle de lo que el simple entendimiento exigía: había hecho dibujos del rostro de Helen, compraba revistas americanas para ver los vestidos que llevaban las mujeres, señalaba en mapas la ruta de los viajes que le describían y a menudo, susurrando para que nadie que pudiera escucharla la tuviera por loca, mantenía conversaciones con Alejandro Molina a propósito de alguna opinión o acontecimiento. Ricardo la encontraba a veces ensimismada y le preguntaba la causa de aquella melancolía. Ella, que nunca le decía la verdad, se dejaba abrazar mansamente, y entonces lo olvidaba todo, olvidaba a Alejandro Molina y a Helen, olvidaba los paisajes de América, las fiestas de gala, los restaurantes iluminados por velas, las limusinas, y sólo quedaba ante sus ojos la sombra negra de la ropa de Ricardo, en cuyos brazos se iba durmiendo.

En su siguiente carta, Molina le envió a la señorita Adela la fotografía de la niña que Helen acababa de alumbrar. Le contaba con apasionamiento que había nacido sana, que era tan guapa como la madre –de cabellos morenos, con la piel muy blanca– y que le pondrían el nombre de Audrey en honor de la que sería su madrina de bautizo, la actriz Audrey Hepburn, con quien Alejandro y Helen mantenían una gran amistad. A la señorita Adela, que había visto hacía dos o tres semanas la película Sabrina en un cine de la ciudad, aquello le pareció deslumbrador. Le habría gustado poder contárselo a las amigas que reunía en su casa para merendar, pero no encontraba el modo de hacerlo dignamente. No podía decirles: "Audrey Hepburn, la actriz, esa que se enamoraba de Humphrey Bogart en la película que vimos, será la madrina de la hija del hombre al que abandoné hace muchos años". Alguna de las mujeres le preguntaría si también Humphrey Bogart asistiría al bautizo, y hablarían entonces de galanes, de seducciones, de largos besos que acariciaban los labios antes de abrirlos, de mujeres famosas que se dejaban tentar por las promesas ligeras de casanovas, de casas solitarias en las playas de Los Ángeles, de cócteles que duraban hasta el amanecer, de celos y de crímenes, de locuras de amor.

La contemplación a través de las cartas de Molina de aquel mundo de andanzas sentimentales y de lujo causaba en la señorita Adela una ansiedad que algunas veces se parecía al remordimiento y otras al rencor. Aunque no se daba cuenta de ello, las desgracias de los otros la aliviaban, y el día en que le contaban que el esposo de una de sus amigas había enfermado o que los negocios del de otra marchaban mal o que aquella que tanto se ufanaba de sus hijos había perdido a uno, se sentía confortada, tranquila, y su carácter se volvía más amable esa noche, cuando Ricardo volvía a casa, y dormía mejor, con un sueño plácido como el que ya casi nunca podía conciliar.

Pero cuando Alejandro Molina le contó en una de sus cartas que Helen había tenido un accidente de coche y que estaba hospitalizada, la apacibilidad que la señorita Adela experimentó fue tan grande que no tuvo más remedio que confesarse a sí misma que alguna perversidad habrían de tener sus sentimientos. Reconoció entonces por primera vez que seguía amando a Alejandro Molina, puesto que deseaba compartir con él todo lo que era suyo, y no soportaba, en cambio, la imagen de otra mujer a su lado, brindando junto a él en restaurantes con copas llenas de vino, escuchando de su propia voz las páginas de los libros que iba escribiendo, celebrando sus éxitos y consolándole de sus fracasos, abrazada a él en la cama mientras dormían. Esa vida, la de Alejandro Molina, era la que ella siempre había deseado tener, desde que, siendo aún una niña sin mucho entendimiento, escuchaba a su abuela contar historias de la hacienda de La Habana en que había vivido, de los grandes salones, de los cortinajes de sarga o de brocatel, de las cristalerías traídas de Bohemia, de los criados negros, de los bailes, de los viajes en carretón a Camagüey y a Santiago de Cuba, del océano, de pájaros violetas y bungavillas, de altísimas palmeras. Molina era un hombre valiente, intrépido, temerario incluso, pero también templado y sagaz, que había sabido aguardar la suerte sin ir despojándose poco a poco de todo, sin rendirse en los momentos de adversidad, cuando la miseria y el infortunio, en Madrid primero y luego en América, a su llegada, le habían encorralado como se encorrala a las bestias. Molina era audaz, sí, pero además poseía genio de artista y sabía hallar la belleza de las cosas justamente donde estaba: en el envés, en la espalda, en lo oculto. De todas las páginas de su libro, la señorita Adela recordaba una frase –la única, quizá– que le había impresionado: "La mitad más hermosa de la luna es siempre la que no se ve, la oscurecida".

Ricardo, en cambio, no era valiente ni tenía ingenio, salvo el que empleaba en distinguir nitrógenos, fósforos y potasios y crear con ellos, combinándolos, esos celebrados fertilizantes que hacían crecer vergeles en desiertos. Era, eso sí, bondadoso y tierno, amable, amoroso; pero a la señorita Adela le parecía que todos esos afectos eran solamente flaqueza o apocamiento, y que mostraba tanta comprensión con las faltas de los demás porque no tenía fortaleza suficiente para censurarlas ni perspicacia para comprenderlas. No creía Adela que la maldad fuera la inclinación natural de los seres inteligentes y de los sabios, como había oído que opinaban algunos filósofos, pero sí pensaba que en el espíritu de aquellos cuyos actos eran siempre indulgentes y dulces no cabía la excelencia. Cada vez que meditaba acerca de todo esto, al recibir alguna de las cartas de Molina o al recordar los sueños que tenía de niña cuando escuchaba las historias de su abuela, lo veía con mayor claridad: Ricardo Bergara era un hombre insignificante y algo bobo, de carácter mojigato, y sus gestos se volvían enseguida serviles y amujerados, sumisos. Comenzó entonces a observarle con detenimiento y a provocar sus reacciones con súplicas o con llantos fingidos, y poco a poco fue convenciéndose de su verdadera naturaleza. Empezó a sentir repugnancia cuando se acercaba a ella desnudo para abrazarla, cuando pegaba su cuerpo al suyo en la cama, a oscuras, y, aunque en ocasiones cedía a sus propósitos, obligada por la conveniencia del matri- monio, fue inventando mentiras cada vez con más frecuencia para escabullirse.

De este modo, para huir de la compañía de Ricardo comenzó a pasar más tiempo fuera de casa, visitando tiendas con sus amigas, viendo películas en el cine, asistiendo a obras de caridad o dando largos paseos. Al principio salía sólo dos o tres tardes, pero enseguida se fue acostumbrando a marcharse todos los días, después de la comida, y si alguna obligación le impedía hacerlo se enfurecía de tal forma que permanecer en su presencia era un tormento. No puede decirse que sintiera aborrecimiento por sus hijos sino, más bien al contrario, que los amaba con devoción; pero si eran ellos quienes con sus caprichos, sus enfermedades o sus urgencias la retenían en la casa, se volvía repentinamente severa, antipática y estricta, y les imponía una disciplina despiadada, casi cruel, que más parecía venganza que pedagogía.

Aconsejada por el ejemplo de una de sus amigas, que era soltera y algo casquivana, la señorita Adela comenzó también a trasnochar en alguno de los clubs de la ciudad. La primera vez que estuvo en uno sintió vergüenza. Miraba a su amiga bailar con hombres jóvenes que la invitaban, reír descaradamente, fumar cigarrillos en boquillas largas y caminar entre las mesas pavoneándose, pero ella, sentada ante su mesa, en un ángulo oscuro del salón, temblaba con desasosiego y, mientras se prometía no volver nunca, recordaba la bondad de su esposo. Durante mucho tiempo cumplió su promesa de no volver, e incluso recobró algunos de sus buenos sentimientos hacia Ricardo, pero un día recibió una carta de Molina en la que le hablaba de la fiesta que Helen y él habían organizado para celebrar el cumpleaños —el segundo— de Audrey, con más de cien invitados, y le contaba los regalos con que le habían obsequiado algunos de ellos: su madrina Hepburn, el joven escritor Truman Capote, Frank Sinatra o Georgia O'Keeffe, quien había pintado un retrato de la niña. Después de leer aquella carta, la señorita Adela telefoneó a su amiga y le pidió que la acompañara esa noche a algún club. Fueron al mismo de la otra vez, y la señorita volvió a sentarse en una mesa oscura y a temblar avergonzada mientras su amiga aceptaba enseguida las invitaciones de baile que le hacían algunos galanes. Para distraer aquel miedo, sin embargo, llamó al camarero y le pidió una copa del licor bermejón que Molina solía tomar. La bebió de un trago y sintió serenidad. Miró a su alrededor, a los bailarines que seguían el ritmo de la orquesta, a las mesas llenas de gente que brindaba o reía, y le pareció que había silencio. Entonces pidió otra copa, y luego otra más. A un caballero que vino a rogarle un baile le dijo que sí, y se dejó conducir por él hasta la pista y después abrazar por la cintura. Bailaron dos boleros y un tango. A la señorita Adela, que en algunos instantes se adormecía, le gustaba el olor del perfume de aquel hombre y la firmeza con que la guiaba entre las otras parejas. En las brumas que veía ante sí, imaginaba a Alejandro Molina bailando con Audrey Hepburn o con Ingrid Bergman, pero ahora no se sentía desdichada por ello. El cuerpo se le vencía sobre el del hombre, que la sujetaba con fuerza. Su amiga, desde la mesa del rincón oscuro, la aplaudía sonriente, y la señorita, que comenzaba a no distinguir bien si la espiral de colores que veía era felicidad o mareo, le pidió al hombre que la acompañara a sentarse. Él le propuso entonces con galantería ir a su casa a beber champán. Adela, desconcertada, aceptó, pero mientras esperaba a que él recogiera los abrigos del guardarropa recordó fugazmente el rostro de todos los hombres que la habían cortejado antes de su matrimonio y el rostro de Daniel y de Cesáreo. Cuando le vio venir con el abrigo extendido, abierto gentilmente para que ella hundiera sus brazos en las mangas, le abofeteó y se marchó corriendo. Esa noche se metió en la cama desnuda y se pegó a Ricardo hasta despertarle.

Desde aquel día, la señorita Adela fue de nuevo una mujer paciente y humilde. Consintió en su suerte animosamente, volvió a cuidar de sus hijos y se entregó a Ricardo Bergara, su esposo, como si el matrimonio acabara de celebrarse y encontrase en él aún la pasión de los primeros descubrimientos. Por otra parte, las cartas de Alejandro Molina comenzaron a llegar más espaciadamente, y en ellas sólo se trataban asuntos menores: una casa que el arquitecto

Wright les estaba construyendo en Santa Mónica, algunos viajes por los lagos de Chicago y por las costas de Florida que Helen y él habían hecho, los artículos que escribía para varias revistas americanas, la lentitud con que trabajaba en su siguiente libro o los progresos de la niña Audrey, quien al parecer hablaba el inglés con la misma perfección que el castellano.

La señorita Adela respondía siempre sin demorarse y, aunque no contaba mucho de sí misma, hacía a menudo reflexiones sombrías en las que resultaba fácil advertir cuál era su estado. Ahora salía poco de casa, y cuando recibía en ella a sus amigas no mostraba mucha alegría. Ricardo trataba de complacerla en todo. La llevaba a espectáculos y a restaurantes, le regalaba joyas y perfumes, le enviaba flores imprevistamente y le daba tantos cuidados como sabía. Ella agradecía todas aquellas atenciones en silencio, sin corresponderlas. Pasaba muchas horas del día sumida en cavilaciones, e incluso a veces se abstraía mientras conversaba con alguien. Empezó a creer que la vida había que contemplarla con esa mansedumbre, sin griterío, y se dio cuenta de que el tiempo transcurría aún más velozmente que lo que ella había podido imaginar cuando, siendo muy joven todavía, se lo anunciaban. Le parecía imposible hallar ya un modo de enmendar las faltas, pues cada uno de sus días pasaba rápido y sin dejar rastro, como los vientos que a veces oía soplar sobre el mar cuando paseaba cerca de la escollera.

No lloró ni sintió demasiada pena al morir su madre, quien desde hacía meses había perdido la razón y no hablaba ya con nadie ni mostraba afectos; pero su ausencia fue poco a poco llenándola de amargura. En los momentos en que la casa se quedaba vacía, cuando los niños estaban en la escuela y la criada había salido a hacer las compras, Adela se sentaba a los pies de la que había sido la cama de la madre muerta y pasaba allí horas, hasta que alguien volvía. Echaba de menos los cuidados que durante los últimos tiempos había que prestarle a la enferma: limpiarla por las mañanas, servirle los purés del almuerzo y de la cena, darle cada pocas horas pastillas y jarabes, peinarle el cabello dos veces por semana, mojarle los labios con una gasa empapada en agua, retirarle los orines y tomarle la temperatura antes de ir a dormir. Ahora, sin ella, se sentía realmente sola, como nunca antes se había sentido, y para entretenerse se ocupaba a veces de tareas de viuda: abrillantaba las cuberterías, ordenaba las fotos en álbumes, cambiaba los muebles de sitio y vaciaba armarios y baúles para hacer inventario.

La señorita se acostumbró enseguida a esa vida perezosa y sin sustancia, e incluso llegó a pensar que era buena para el espíritu. De repente se dio cuenta, además, de que los niños habían crecido y necesitaban que alguien cuidara mejor de su educación. Cesáreo, convertido ya en un jovencito, se metía continuamente en líos y tenía amores demasiado precoces. Sus amigos, mayores que él, le daban mal ejemplo: perseguían a chicas y estaban siempre enredados en riñas de muchachos. Ricardo habló con el niño de hombre a hombre. Le contó con solemnidad algunos secretos de la vida y le dio consejos. Luego se olvidó del asunto, creyendo que aquellas travesuras de la edad, que él mismo recordaba haber cometido hacía muchos años, no merecían más preocupaciones. Adela, sin embargo, vio el modo de hacerse valer y comenzó a vigilar a Cesáreo con firmeza casi autoritaria. Aquello la hizo feliz. Encontró en estos desvelos de madre la pasión que buscaba. Y entonces, cuando se sentía curada otra vez de la malaventura, llegó una carta de Alejandro Molina desde Moscú.

El sobre llevaba un sello extraño, con letras o signos que no se entendían. La señorita lo miró con aprensión, presintiendo que dentro sólo encontraría calamidades. Antes de desdoblar las hojas caligrafiadas, vio las fotografías que había entre ellas. En la primera, Alejandro Molina estaba solo, vestido con un abrigo largo de pieles y un gorro de astracán. Se reía con los ojos cerrados, cayéndose hacia atrás por un traspié. Detrás de él, al fondo, se veían las cúpulas coloreadas de la catedral de San Basilio. En la segunda imagen aparecía toda la familia Molina: Alejandro rodeaba con un brazo el cuerpo de Helen y alzaba con el otro a la niña Audrey. Estaban a la puerta de algún palacio, parados en el último peldaño de una escalera custodiada por soldados. En el borde de la fotografía, arriba, se distinguían los balaustres de un gran balcón del que colgaban estandartes.

La señorita Adela se sentó cerca de una ventana para leer la carta, pero antes de hacerlo cerró los ojos y trató de serenarse. Le temblaban un poco las manos, que estaban frías. Se raspó la punta de los dedos con una uña y luego se desabrochó el cuello de la blusa para respirar mejor. Aunque casi había anochecido, no encendió ninguna lámpara. Se acercó las cuartillas a los ojos y comenzó a leer.

Alejandro Molina se había esmerado al escribir aquella carta. Estaba llena de apasionamiento y tenía el tono grave que sólo se emplea para contar las grandes maravillas. Con palabras emocionadas, explicaba cómo eran las calles de Moscú, qué hacían sus gentes y de qué color se teñía la nieve en los tejados. El relato tenía a veces pasajes poéticos que a la señorita le recordaban los versos de juventud de Molina, aquellos que había escrito para cantarle a ella. Decía, por ejemplo, que el campanario de Iván el Grande parecía una flor con cabeza de oro. O que el bronce con que estaban hechas las rejas de los palacios tenía el mismo brillo que el hielo del río. Describía el sobrecogimiento que inspiraban los cánticos de los monasterios y confesaba sin turbación que la belleza de Helen le había hecho llorar de alegría en el restaurante del Hotel Metropol, donde habían ido a cenar una noche para celebrar el aniversario de su boda. Rodeados de la suntuosidad que aún perduraba de la vieja Rusia, habían brindado por el porvenir. Entonces, mirándola a los ojos, Molina se había puesto a llorar en silencio. Sus lágrimas habían caído en la copa de champán.

A mitad de la carta, la señorita Adela se sintió mal y tuvo que dejar de leer. Estaba pálida y sentía mareos. Recostó la cabeza en las orejas del sillón y cerró de nuevo los ojos. Fatigada por el sofoco, imaginó los palacios de Moscú de los que Alejandro le hablaba. Vio las luces de la orfebrería y de las porcelanas. Vio salones fastuosos, muebles de ébano, esmaltes, cristalerías labradas, tapices, grandes espejos, relojes y marfiles. Luego se quedó dormida con la carta entre las manos. Soñó con todo lo que Molina le había contado: el río helado, la aguja que coronaba algunos edificios, la música de los acordeones.

A la mañana siguiente, rompió la carta sin terminar de leerla, pero guardó la foto en la que Alejandro Molina estaba solo. Durante varios días la llevó siempre encima. La miraba a veces fugazmente, como si lo hiciera a escondidas de sí misma. Examinaba cada detalle, cada insignificancia de la imagen. El abrigo le quedaba algo grande, desgarbado. El gorro de astracán, en cambio, le cubría la cabeza con precisión, hasta media frente. Ni uno ni otro parecían nuevos, aunque en ese tipo de prendas, de piel con pelo, era muy difícil ver el lustre. Un abrigo de armiño que tenía la señorita desde hacía más de diez años estaba todavía flamante, como si acabara de estrenarlo. Aunque quizás era porque lo había usado pocas veces, pues sólo se lo ponía para las grandes solemnidades y las fiestas de gala, que en la ciudad no eran muy frecuentes. Ricardo y ella no iban casi nunca a reuniones o a restaurantes donde lucirlo. A alguna boda, a veces, y a los convites que organizaba cada año el alcalde para honrar la festividad del santo patrón. Los convites se celebraban en agosto, en el día del santo, pero a pesar del calor la señorita asistía casi siempre con el armiño, pues era una de las pocas oportunidades que encontraba para presumir.

Ese abrigo de armiño y las pequeñas joyas de bisutería con que lo engalanaba cuando tenía ocasión, serían sin duda un hazmerreír en las fiestas de Hollywood, a las que las mujeres llevaban siempre satenes, sedas, diamantes y visones. La señorita, que se contemplaba a veces desnuda en el espejo del vestidor, pensaba que su cuerpo tenía aún lozanía para llevar con gracia esos trajes de noche que le gustaban tanto: telas de raso, grandes escotes, hombros cubiertos con gasas, faldas abiertas a media pierna, cinturas bordadas con hilo de oro, volantes largos y capas. Aunque no era una mujer remilgada de esas que pasan todo el día entretenidas en asuntos afeminados y en folletines, le divertía mucho ver las revistas en las que salían retratadas las actrices y las aristócratas. Después de admirar su belleza, se fijaba en los detalles de sus indumentarias: los sombreros y los mitones, las sandalias, los zapatos de correa, las medias de malla, los lazos que a veces colgaban de los vestidos. De la pedrería que llevaban en gargantillas o en sortijas le gustaban sobre todo los nombres, que según ella eran más hermosos que las propias joyas: aguamarina, lapislázuli, turquesa, topacio, ópalo, turmalina, zafiro. Adela tenía algunas imitaciones, pero ni siquiera para adornarse con baratijas había acontecimientos dignos en la ciudad. Ella nunca se había alojado en un hotel como el Metropol, que debía de tener grandes galerías, salones con arañas de cristal tallado, alfombras de Persia, jarrones italianos y mármoles. Lujo de zares atendido por criados con librea. Así lo imaginaba ella en sus sueños.

Fueron esos sueños principescos los que la hicieron caer de nuevo en la cuenta de que nunca había dejado de amar a Alejandro Molina. Mientras miraba la fotografía de Moscú, en una de esas tardes en las que solía quedarse sola en casa, pensó en los tiempos de juventud, en las ilusiones que había ido perdiendo desde entonces. Cuando conoció a Molina, siendo todavía casi una niña, creyó que junto a él encontraría todo lo que deseaba: la aventura de los viajes, la poesía, las grandes pasiones, la fama. Luego dejó de creerlo, pero ahora, muchos años después, no podía entender por qué. Lo había olvidado. Molina era a veces colérico y rencoroso, y se comportaba como un vengador cuando se le ofendía. A menudo tenía arrebatos de soberbia, gritaba. Sus actos, sin embargo, eran tan aniñados que el tiempo los había empalidecido. Los había convertido en caprichos o en travesuras sin importancia. Las virtudes, en cambio, habían ido engrandeciéndose. Resplandecían. Era un escritor famoso, tenía dinero, viajaba por todo el mundo y, aunque no era ya tan guapo como cuando se conocieron, había logrado conservarse apuesto. La señorita le comparó de nuevo con Ricardo Bergara, que no le parecía ya un hombre admirable. ¿Cómo había podido enamorarse ella de alguien que soñaba con fertilizar desiertos paradisíacos? Cerró los ojos y pensó en los anocheceres del río Colorado, en el silencio, en el color de los grandes lagartos que corrían entre las piedras. Poco a poco fue viendo el rostro de Molina en aquel paisaje. Él había logrado todo lo que soñaron. Ella, en cambio, no tenía nada. Un marido que creaba fertilizantes para cultivar la tierra, dos hijos insignificantes, sin genio, y una vida de aldeana en la que nunca sucedían maravillas. La señorita descubrió que, igual que su abuela, había elegido al hombre equivocado, al que no podía ayudarla a cumplir sus sueños. Un día se colocó frente al espejo, se puso la yema de los dedos sobre los labios para sentir cómo temblaban al hablar, y dijo en voz alta que habría querido ser ella quien acompañara a Alejandro Molina en el Metropol y en las fiestas de Hollywood. Se imaginó a sí misma vestida con un traje negro de espalda desnuda, bailando un fox con Burt Lancaster o escuchando a Arthur Miller contar historias del teatro. También ella habría podido llegar a hacer cosas importantes rodeada de esos hombres tan ilustres, pues el talento, como solía decir su madre, es igual que los buenos guisos: necesita un caldo sabroso en el que cocerse. Quizás junto a Molina se habría convertido en actriz o habría publicado crítica literaria en alguna de las revistas de California. O tal vez se habría dedicado a la política, como al parecer hacían algunas mujeres en América. Porque la señorita tenía muchas pasiones frustradas, muchos desencantos que habrían podido satisfacerse en otra parte. Miraba a Cesáreo, taciturno, con la sombra del bigote ennegreciéndole ya el labio, y sentía una especie de asco: Bergara ni siquiera había sido capaz de preñarla de una hembra.

—Soy madame Bovary —dijo suspirando.

A partir de entonces, la vida de la señorita Adela fue un suplicio. Se pasaba las horas arrepintiéndose de sus actos como una beata de iglesia, salmodiando a solas culpas y remordimientos. A Ricardo dejó casi de hablarle, y a los niños les prestaba cada vez menos atención. Se levantaba muy tarde, comía algo deprisa y se iba a pasear por la ciudad o por las afueras hasta la noche. A veces se paraba en algún bar a beber para darse ánimos. Otras veces se sentaba en un jardín que había en los barrios del norte, al final de las alamedas, y se quedaba ensimismada mirando cómo anochecía. Mientras, seguía pensando con obsesión en Alejandro Molina. La señorita sabía que aunque la mayoría de las cosas las quita la vida, otras las pierde uno mismo, y se atormentaba con la idea de haber malogrado, deliberadamente, lo único que podía haberla hecho feliz. No habían sido el destino o el azar, sino su obstinación por abandonar al hombre que la amaba. Ahora otra mujer estaba donde ella debería estar, durmiendo en su cama y pariendo sus hijos. Esa mujer llevaba vestidos de fiesta, viajaba a países lejanos y se trataba con los escritores de moda y con las estrellas de cine gracias a la insensatez de Adela, que muchos años antes había renunciado a todo eso sin saber que lo hacía. Y ya era tarde para enmendar algo. Sólo quedaban las oraciones y las penitencias.

A la señorita le gustaba mirar el crepúsculo desde el jardín de los barrios del norte, que estaban en alto, pero aquellas sombras que lo ennegrecían todo la desconsolaban. Por eso se puso un día el abrigo de armiño con sus joyas de baratija y se fue al club en el que había estado otras veces. Llegó allí muy pronto, antes de que comenzara el bullicio de las noches. En la barra había sólo dos hombres de aire triste que bebían cabizbajos. Uno de ellos se volvió para mirarla y movió su vaso como si saludara. La señorita, muy nerviosa, apartó la vista y comenzó a andar hacia la sala, donde casi no había luz todavía. Con la punta de la lengua se relamió el interior de los labios y paladeó el carmín. Pensó que ese era el sabor que tenían las putas, el gusto que les quedaba a los hombres en la boca después de besarlas. Se sentó en una mesa del fondo y le pidió al camarero que fue a atenderla una copa del licor bermejón que bebía siempre. Cuando se la trajeron, la bebió de un trago, como había visto que hacían las mujeres mundanas, y le pidió al mozo que volviera a llenarla y dejase luego allí la botella, que estaba ya mediada. Fue sintiendo poco a poco coraje, y cuando llegaron algunos hombres y se sentaron en otras mesas se atrevió a mirarlos con coquetería. Había una música muy suave, lánguida, pero nadie bailaba aún. A medianoche, sin embargo, se abrieron los cortinajes de terciopelo del escenario y apareció una orquestina tocando boleros. Un hombre viejo se acercó entonces a la mesa de la señorita y le alargó la mano reverenciosamente para invitarla a bailar. La señorita cabeceó sonriente, medio ida, y antes de levantarse apuró un sorbo de licor que quedaba en la copa. El anciano la arrastró entre las mesas renqueando igual que un moribundo, sin fuerzas, pero al llegar a la pista de baile se enderezó como un figurín de sastrería y la acercó a su cuerpo impetuosamente, sujetándola de una nalga con la mano abierta. El hombre olía a jabón de grasa. Llevaba un traje grisáceo con raspaduras y un corbatín negro medio descosido. La señorita bailó como un pelele, abrazándose cariñosamente al hombre para no perder el equilibrio. Apoyó la mejilla en su hombro y se adormeció. Oía la voz de él diciendo cosas y riendo, pero no se preocupaba por entenderle. Se dejaba llevar, y el movimiento suave de la música la hipnotizaba. Incluso debió de perder el sentido en algún momento, porque más tarde, cuando abrió los ojos y miró al caballero que la estrechaba entre sus brazos un poco impúdicamente, sobándole las carrilladas del culo por encima de la falda, se dio cuenta de que no era el mismo con el que había comenzado a bailar, sino otro más viejo, un anciano muy acicalado que tenía los dientes negros. Durante el baile, la señorita notó la humedad de las púas de su bigote, que le rozaban en la mejilla arañándola. Aunque sentía asco, se dejó llevar de extremo a extremo de la pista entre el laberinto de danzarines. Cuando la pieza acabó, no tuvo tiempo de apartarse, porque la orquestina recomenzó enseguida con otro bolero. El anciano la sobaba sin demasiada vergüenza, rascando con los dedos en los muslos. El bigote lo había apoyado ya sobre el cuello de ella y movía los labios para besarlo, de modo que Adela no supo si aquellas agüillas que notaba sobre el hombro eran las babas o el sudor de las púas. Aprovechó un desfallecimiento del anciano para separarse de él, pero el mareo la tumbó. Cayó de espaldas entre los bailarines, que enseguida se detuvieron para ayudarla. La música no paró. La levantaron entre dos hombres y la llevaron a una mesa que no era la suya, al fondo de la sala, alumbrada sólo por una penumbra muy negra. El anciano acicalado se quedó con ella e intentó calmarla con caricias. La señorita olió su aliento agrio, carroñero, y apartó la cara con asco, pero no había nadie que pudiera acudir en su auxilio. Levantó entonces una mano para llamar al camarero, y al hacerlo dejó desprotegido el regazo en la parte que su acompañante deseaba manosear. Sintió los dedos del viejo en el vientre y se recostó hacia atrás, quieta, con la cabeza vuelta hacia la pista de baile para no oler la pestilencia. Como estaba muy oscuro, el hombre, que parecía experto en aquellos tocamientos, se atrevió a subirle la falda hasta la mitad de los muslos y a meter la mano entre ellos. La señorita Adela pensó de golpe en Alejandro Molina y suspiró. El viejo creyó entonces que aquel suspiro era un consentimiento y subió un poco más la falda. Luego se agachó para besarla en las piernas. La señorita sintió la humedad de las babas del anciano y recordó sus dientes negros. Tuvo una arcada, pero antes de vomitar se levantó deprisa, dejando al viejo bocabajo en el sillón, y corrió al centro de la pista. Enseguida vino un bailarín a cortejarla. Adela separó los brazos y se dejó sujetar por la cintura. El caballero, de mediana edad, olía a jabones perfumados. La señorita se abrazó a él como si le amara y se adormeció bailando. El emborrachamiento aún la duraba, y en algunos pasos del bolero se caía dando tumbos.

Cuando la orquesta comenzó a tocar músicas menos sentimentales, el caballero se detuvo y llevó a la señorita ceremoniosamente hasta su mesa. Llamó al camarero con un revoleo de dedos y le pidió una botella de champán. Adela, disgustada por aquella intimidad, se curó el sofoco con un pañuelo, tratando de tranquilizarse. Hacía aspavientos y daba suspiros para distraerse del caballero, que se había pegado a ella. Ninguno de los dos decía nada. Cuando les sirvieron el champán, bebieron como un alivio. La señorita vio desde lejos al anciano, que la miraba desilusionado. Pasó mucho tiempo sin que hablaran. Contemplaban los dos la pista llena de bailarines y bebían sonriéndose uno al otro, callados. Por fin, cuando la orquestina volvió a tocar boleros, el caballero se levantó de nuevo y le tendió su mano a la señorita Adela, que sintió alegría. Bailaron cuatro o cinco piezas más, abrazados como si fueran novios. La señorita tenía cerrados los ojos y se dejaba llevar mansamente. Se iba acordando poco a poco de todos sus amantes, de los sueños que había tenido junto a ellos. El caballero la despertó con una voz templada, goliárdica. "Me llamo Gregorio", dijo. "Gregorio Hernández, para servirla". "Yo Emma", dijo ella, y le miró a los ojos. Una de sus manos, puesta sobre el hombro de él, se movió hacia el cuello y rozó la piel. No la apartó de allí. Siguió bailando silenciosamente, temblando, y cuando acabó la siguiente canción y se separaron para aplaudir, el hombre se inclinó hacia ella y le pidió que le acompañara fuera del local. La señorita no le miró. Sintió un escalofrío y pensó de nuevo en Alejandro Molina. Entonces comprendió que aquella perdición la salvaría. Cogió el brazo de su acompañante y salió con él.

Fueron a un hotel de las afueras que él conocía por las habladurías de otros. La habitación era grande y en una mesa había flores y un plato de frutas frescas. Estaba limpia, aunque las sábanas tenían zurcidos y costuras rotas. La señorita sintió miedo al entrar, pero no se apartó a un rincón para esconderse. Sabía que aquellas dudas sólo las calmaría la brutalidad, y cuando el hombre se acercó para besarla con ternura, románticamente, ella no fue complaciente, sino que le abrió con la mano los botones del pantalón y buscó deprisa la carne entre la ropa. El caballero, que no tenía aspecto de timorato, se sobrecogió por la indecencia. No puso sin embargo ningún reparo a aquellas obscenidades inesperadas. Dejó que la señorita le desnudara completamente y le diera placer igual que una cortesana, mordiéndole donde las mujeres no solían morder y sometiéndose a depravaciones que casi nunca consentían. Ella pensaba en Ricardo y en las blandenguerías del amor para excitarse. Recordaba algunos actos venéreos que parecían penitencias por lo dolientes que eran y por la pudibundez con que se consumaban siempre: a oscuras y con los cuerpos envarados, tiesos, flotando uno sobre el otro casi sin tocarse. Cuanto más se le venían a la imaginación de Adela esos tratos carnales con su esposo, más atrevimiento sentía con aquel hombre, que había comenzado ya a dudar si estaba con una dama candorosa, como había creído, o con una mesalina. Cuando terminaron, sin embargo, a la señorita se le enrojecieron de repente las mejillas y se abochornó. Apagó la luz del velador para que hubiera penumbra y se apartó mortificada a un extremo de la cama. Se vistió deprisa y a escondidas, igual que las mujeres decentes. No quiso coger el papel en el que el hombre había escrito su dirección para ella. Salió del cuarto con los zapatos sin abrochar y con el armiño en la mano, arrastrándolo. Atravesó los corredores oscuros sigilosa y salió del hotel por la puerta de atrás, como los asesinos que huyen. Cuando llegó a casa, casi al alba, Ricardo, que estaba acostado, se despertó y la abrazó en la cama sin preguntar nada. La señorita cerró los ojos y se acordó de las babas del anciano que la había besado en el cuello. No sintió arrepentimiento por el adulterio, sino alivio, pues el pecado siempre es más soportable que la tentación de cometerlo. Ya no tendría dudas ni pesadumbres por ese asunto. Todas sus incertidumbres quedarían resueltas. Adela se durmió pensando en que ahora que había repudiado a Ricardo, traicionándolo, Alejandro Molina volvería junto a ella.

Molina no volvió, pero le escribió otra carta en la que anunciaba la publicación de su segundo libro. Después de tanto tiempo, había conseguido acabar un relato en el que se retrataba a los artistas de California que Helen y él conocían: actores, músicos, escritores, pintores y cantantes de variedades desfilaban por una crónica llena de lances y de aventuras sentimentales. Al parecer, los editores habían recibido el manuscrito con entusiasmo y, según se empezaba a decir en los ambientes literarios, aquel libro sería galardonado con alguno de los grandes premios que la industria concedía. Molina había pensado en enviarle a la señorita los folios mecanografiados para que los leyera antes de ser publicados, pero se dio cuenta de que ella seguramente no había aprendido a hablar inglés —el idioma en el que él escribía ahora– y de que por lo tanto no podría entender nada. Cuando el editor mexicano, que ya había comprado los derechos para la traducción, le diera un volumen en español, se lo haría llegar a ella antes que a nadie.

La señorita Adela guardó la carta y comenzó a acicalarse para acudir al club, pues le parecía que sólo allí podría curarse de la tristeza que sentía por haberla leído. Hurgó en el mueble en el que Ricardo guardaba las botellas y, después de descorcharlas todas y olerlas, se sirvió aguardiente en un vaso y se lo bebió de golpe. Luego se bañó con jabones de lavanda, se cepilló el pelo hasta dejarlo bruñido y se puso un vestido rojo un poco pasado de moda que tenía en el fondo del armario, olvidado. Antes de salir, se sirvió otro vaso de aguardiente. Mientras lo bebía, llegaron a casa Cesáreo y Daniel, pero se escondió en el rellano para no tener que entretenerse con ellos.

Entró en un cine a hacer tiempo y vio una película de amores desgraciados que, aunque tenían poca semejanza con los suyos, la conmovieron mucho. Sentada al fondo de la sala, sin nadie alrededor, se puso a llorar imaginando que era ella quien despedía en la estación de trenes a ese Montgomery Clift que tanto se parecía a Alejandro Molina y que besaba a la elegante Jennifer Jones con espanto, como si fuera a morir de tristeza después de la separación. Cuando se encendieron las luces, Adela tenía una congoja que la ahogaba, y el maquillaje de las mejillas estaba atravesado por raspones de lágrimas. Salió afuera dando boqueadas sin respiración. Luego caminó meditabunda hasta que encontró una cafetería medio vacía que tenía mesas y se sentó a comer algo. Pidió también un vaso de vino para darse ánimos. Las imágenes de la película todavía la estremecían, pero poco a poco fue contentándose con la idea de que los males que también sufren otros son en realidad benignos. Además, se dio cuenta de repente de que era ya la hora de ir al club y sintió un escalofrío. Se levantó deprisa, con el cuerpo cubierto de un ardor helado, y pagó las consumiciones como si el alma se le fuera en ello. En la calle, al salir, comenzó a temblar de miedo, y mientras caminaba por las aceras más oscuras para que nadie pudiera verla, fue imaginando salacidades y vicios, hombres desnudos monstruosos, alcobas llenas, saturnales. Llegó al club resollando de excitación, con la cara roja y los ojos muy brillantes. Antes de descorrer las cortinas, oyó el vocerío de la sala y los compases sordos de la música. Luego entró y entre la espesura del humo vio con alivio a los clientes que bebían o bailaban animadamente, dando voces tabernarias. La pista estaba abarrotada. Como gracias al bullicio nadie la miraba, la señorita atravesó el local más serena que nunca, con la desenvoltura de una mujer mundana acostumbrada al ambiente de tugurios y de lupanares. Se sentó en la única mesa libre que había, muy cerca del escenario en el que la orquestina estaba tocando los boleros de siempre. Mientras el camarero le traía la botella del licor bermejón que había pedido, un hombre bastante apuesto la invitó a bailar, pero ella le rechazó sin dudarlo para poder entretenerse un rato bebiendo y observando a los demás. Vio algunos rostros que ya le resultaban conocidos, entre ellos el del anciano con el que había bailado la última noche. Buscó también al caballero del hotel, pero no le encontró. Entre tanta gente, la señorita comenzó a respirar con dificultad. El licor, además, iba adormeciéndola de modo que, cuando llevaba un rato allí, creyó que se desmayaría si no salía a la calle. Pero antes de que pudiera ponerse en pie para marcharse, un hombre se acercó a su mesa y le tendió la mano aristocráticamente. Adela la cogió con fuerza, hincando casi las uñas, como si en vez de aceptar una invitación estuviera sujetándose para no caer. Al sentir cómo su acompañante la abrazaba en mitad de la pista para comenzar el baile, pensó en lo fácil que era a veces vivir: bastaba con sentarse a esperar en la mesa de un cabaret y seguir a los hombres que pasaran por ella hasta un cuarto de hotel. Amores rápidos y felices. Placeres sombríos.

Esa noche fueron a un hotel frecuentado por busconas que estaba muy cerca del club. La señorita, que se dejó llevar con docilidad, como si estuviera acostumbrada a esos bríos, no se escandalizó por el acompañamiento de rameras que había en los alrededores voceando sus mercaderías a los clientes indecisos. Una de ellas daba vueltas por el vestíbulo taconeando. Adela, que tuvo que esperar a su lado mientras el hombre pagaba el cuarto y recogía la llave, examinó con curiosidad su ropa: la falda de color naranja centelleante que dejaba ver los muslos hasta muy arriba y la blusa casi transparente, abierta sobre el pecho y sin mangas. En el cuello llevaba collares de quincallería, y las pulseras que le sonaban como campanillas en el brazo eran abalorios mal tallados. Estaba maquillada con pinturas brillantes: los labios de color cereza y los ojos añiles con un borde acardenalado. A la señorita le pareció repulsiva, indeseable, pero no sintió antipatía hacia ella ni se avergonzó de estar allí. Todo lo contrario: tuvo envidia de sus aventuras y de sus correrías, pues desde que sabía que era a Alejandro Molina a quien amaba, había comenzado a creer esas ideas románticas según las cuales en la perdición y en el exceso está la vida más pura. Subió las escaleras del hotel, lóbregas y pestilentes, pensando que aquella mujer que no tenía ni siquiera un abrigo de armiño con el que cubrirse la carne era seguramente más bienaventurada que ella. Y cuando estuvo en la habitación, que tenía un colchón con una sola sábana y un ventanuco desde el que se podía tocar el muro de ladrillos que había al otro lado del patio al que daba, se esforzó por comportarse como una puta, impúdicamente, diciendo blasfemias y sortilegios cada vez que sentía placer o que lo buscaba de nuevo en el cuerpo del hombre. Hizo cosas aún peores que con el hombre anterior, dio besos en partes en las que jamás había imaginado que pudiera besarse y probó maneras de satisfacerse que sólo había contemplado en las bestias. No cerró nunca los ojos. Cuando terminaron, el caballero la miró con admiración.

Más tarde, mientras salía junto a su acompañante del hotel, la señorita reparó en que un hombre que estaba descargando cajas de una furgoneta aparcada frente a la puerta se había quedado mirándola fija-mente. Tenía una de las cajas levantada en el aire, en vilo, y aunque sólo estuvo así un instante, esa postura forzada en la que se había detenido únicamente para observar, como si la sorpresa le hubiera paralizado, inquietó a Adela, que a su vez se paró para examinarle a él. Lo hizo fugazmente, como un relámpago, porque el caballero que la acompañaba ya había abierto la portezuela del coche y estaba esperando a que ella entrara. Durante todo el viaje hasta su casa, primero en el coche y luego andando, la señorita fue dándole vueltas a la imagen de ese rostro que la miraba. Encontraba algo familiar en él, alguna apariencia que no sabía determinar completamente. Pensó en los amantes que había tenido y en los novios figurados de la infancia, en esos chiquillos a los que prometía amor y daba besos con los labios cerrados al salir de la escuela. Pensó también en parientes lejanos, en primos a los que se ve solamente muy de tiempo en tiempo en bodas o en funerales. Pero de repente, mientras entraba con sigilo en casa, cayó en la cuenta de que aquel acarreador de la furgoneta no era ninguna figura ensoñadora del pasado, sino uno de los vecinos de su calle, el hijo mayor de los señores de Valgracia, que cuando jóvenes habían tenido algún trato de amistad con los padres de la señorita Adela. Entonces sintió miedo. Se dio cuenta de golpe, como si fuera una revelación, de que aquella ciudad era tan pequeña que cualquier descuido sería conocido enseguida por todo el mundo, correría de boca en boca de un extremo a otro, desde el mar hasta las colinas, desde los suburbios obreros hasta los barrios residenciales del norte. La señorita sabía que incluso en algunas reuniones del municipio se habían llegado a tratar asuntos de este tipo, adulterios o conductas escandalosas que faltaban a la moral y a las buenas costumbres. Pero lo que a ella le inquietaba más no eran las amonestaciones del alcalde o del obispo, sino la vergüenza de que sus correrías llegaran a oídos de Ricardo y de sus hijos. Si el hombre que la había visto salir del hotel se lo contaba por ejemplo a su esposa y ésta se lo repetía a otros, en el mercado o en la plaza, en la tienda de la remendona o en la iglesia, a la salida de la misa del domingo, el secreto se convertiría en habladuría y lo conocerían todos. Al niño Cesáreo se lo contaría alguien en la escuela, uno de esos amigos de más edad que andaban metidos en todos los enredos y le daban mal ejemplo. Al final, de una manera u otra, los devaneos de la señorita acabarían sabiéndose con minuciosidad o, aún peor, con exceso, pues después de que se contaran las verdades comenzarían a inventarse las mentiras, las exageraciones, las calumnias.

La señorita Adela, vestida ya con su camisón, se sentó junto a la cama en la que Ricardo todavía dormía y se quedó pensando en aquellos delirios. En esa ciudad sofocante no podía continuar comportándose igual que una mujerzuela, pero tampoco podría seguir junto a su esposo como si nada hubiera sucedido. No le amaba. Estaba amaneciendo y había silencio. En la habitación comenzaba a entrar una luz muy blanca que parecía el aura de alguna aparición. Adela, que estaba muy cansada y sentía aún en la cabeza el aturdimiento de los licores, imaginó que un arcángel volaba entre esa luz para hacerle un anuncio. Y entonces tuvo claro que lo que debía hacer era irse de allí enseguida, marcharse lejos de aquella ciudad melindrosa y provinciana en la que nunca sucedía nada. Tenía que haberlo hecho hacía muchos años, cuando comenzó a soñar con la gloria y con el esplendor que jamás encontraría allí. Pero no era tarde. La señorita aún era joven y conservaba vigor para empezar de nuevo en otra parte. Mientras veía cómo Ricardo se movía sobre la cama e iba despertando poco a poco, estirándose entre la luz, tomó la resolución de ir en busca de Alejandro Molina en cuanto pudiera hacerlo.

Aquella decisión le devolvió a la señorita el ánimo. Comenzó a comportarse de nuevo como una mujer cabal, de costumbres ordenadas, y a ocuparse de tareas domésticas que durante los últimos meses había abandonado. Llevaba y recogía al niño Daniel del colegio, hacía la compra en el mercado algunos días, y tenía la casa pulcra y elegante como nunca había estado. Le quedaban incluso ratos para sentarse en la galería a leer las novelas románticas que tanto le gustaban, y cuando por la noche regresaba Ricardo, cansado del trabajo, ella le aliviaba con carantoñas y le servía la cena. Pero a pesar de aquellas apariencias, sólo pensaba en marcharse. Iba planeándolo todo meticulosamente, con exactitud casi científica. Anotó los horarios de los trenes que circulaban hasta Madrid y de los vuelos que salían desde allí hacia California; consiguió un plano de la ciudad de Los Ángeles y buscó en él la dirección de Molina; hizo una lista detallada de las cosas que debería llevarse, la ropa, las joyas, dos o tres libros, documentos, algo de dinero, una cámara de fotos y medicamentos que quizá no pudiera comprar en América. Al mismo tiempo, mientras organizaba el viaje, empezó a escribirle a Alejandro Molina una carta en la que le anunciaba su visita y le dejaba adivinar con medias palabras, verbosamente, la razón que la movía a ir. Tuvo que hacer muchos borradores, pues nada de lo que iba escribiendo la contentaba suficientemente. No quería parecer fría, pero tampoco deseaba mostrarse demasiado ansiosa, como si en aquel encuentro le fuera la vida. Sabía que era necesario un poco de orgullo para despertar el interés de Molina, y por eso comenzó hablando de un misterioso hombre que la había invitado a California para conocer sus ranchos. Pero enseguida se dio cuenta de que si Molina, que estaba casado y tenía a su alrededor cientos de mujeres hermosísimas, llegaba a suponer que Adela estaba comprometida con otro y que no tenía posibilidad de conquistarla, evitaría anticipadamente los cortejos y se apartaría de ella. Suprimió por lo tanto todas las alusiones a ese hombre enigmático y volvió a empezar desde el principio. Después de muchas rectificaciones y reescrituras, dio por bueno un texto muy breve en el que sólo había algunas insinuaciones nostálgicas. Cerró la carta, le puso los sellos del franqueo y la metió entre las páginas de un libro para esconderla hasta que llegara el día de enviarla.

La señorita Adela esperó pacientemente a que llegase ese día. Dejó pasar el tiempo entreteniéndose en los preparativos del viaje y en imaginaciones, y cuando Ricardo le anunció que debía ir a Francia para participar en una reunión de científicos, como había hecho ya otras veces, comenzó a disponerlo todo para marcharse a la vez que él. Sacó el billete de tren, arregló algunos asuntos legales, hizo provisión de dinero, eligió definitivamente los objetos personales que deseaba llevar consigo, reservó una habitación en un hotel de Madrid que estaba cerca de la estación a la que llegaría, echó la carta que había escrito para

Alejandro Molina y fue visitando a todas las personas a las que quería ver por última vez antes de irse. Pero al despedirse no contó sus planes a nadie, salvo a Ramiro Sansegundo, que era, a su juicio, el único que podría entenderlos. Él había conservado la amistad de Molina y sabría aconsejarla sobre cómo comportarse ante él. Cuando le dijo que se iba en su busca, sin embargo, Ramiro la miró empavorecido y se quedó callado. Intentó convencerla de que aquel propósito era una locura. Le explicó que Alejandro estaba casado y que no abandonaría a su esposa para satisfacer de nuevo las pasiones de la juventud. Le repitió muchas de las cosas que ella ya sabía porque las había leído en la cartas que Molina le había ido enviando a lo largo de los años. Llegó incluso a advertirle de desastres y de castigos si al final se empeñaba en ir. Pero la señorita, obsesionada, no se enmendó. Con voz tenebrosa, dijo que prefería morir en California junto a Alejandro Molina que seguir viviendo cien años lejos de él, en esa ciudad de caserones grises y silenciosos, de cielos oscuros y de calles vacías. Estuvieron discutiendo durante mucho rato, y al final, cuando Adela estaba comenzando a embravecerse, Ramiro Sansegundo la miró a los ojos fijamente y le confesó la razón de su porfía: era él quien no quería que se marchara. La señorita comprendió desde el principio lo que había querido decir, pero por cortesía fingió dudar, para que él tuviera tiempo de negarlo. Ramiro, sin embargo, se envalentonó con aquella confidencia que había hecho y fue hacia ella con el propósito de besarla. Adela sintió entonces un mareo. Vio que a su alrededor las cosas se volvían mórbidas y brillantes, como la piel de las salamandras que su tío Germán le ponía sobre la palma de la mano cuando era niña. Se apartó de Ramiro, disgustada, y comenzó a recoger sus cosas mientras rezaba oraciones. Se fue sin decir nada, con la cabeza erguida; pero de camino a casa pensó con halago en aquel amor que Ramiro le ofrecía, e incluso llegó a creer que si Molina no existiera podría corresponderlo.

La víspera de la partida de Ricardo a Francia, la señorita no pudo conciliar el sueño. A pesar del deseo que tenía de viajar a California, le entristecía abandonar todo aquello. Pasó la noche en vela, contemplando en la oscuridad el rostro de su esposo y pensado que ésa era la última vez que lo vería, porque al día siguiente él se marcharía lejos y ella ya no estaría allí cuando volviera. Por la mañana tuvo que esforzarse en dominar las emociones al despedirse de Ricardo. Le besó en el borde de los labios con des-preocupación, como si fuera una rutina, y aunque tenía ganas de abrazarle con ternura y de llorar, se contuvo para no delatarse. Luego, en cuanto él se hubo ido, comenzó a preparar su propio equipaje. Abrió sobre la cama una gran maleta y fue poniendo dentro de ella, ordenadas, todas las cosas que había decidido llevarse. Pero al buscar en el fondo de un cajón el álbum en el que estaban las fotografías de su boda y los primeros retratos de los niños Cesáreo y Daniel, encontró un sobre medio abierto que tenía manchas rojas en los filos de la lengüeta, como si el remitente hubiera dejado un rastro de carmín al acercar los labios para humedecer el engomado. En su interior sólo había un papel blanco, doblado por la mitad, en el que estaban escritos el nombre de un restaurante y una fecha: 27 de febrero. No tenía firma, y la caligrafía, recta pero descuidada, parecía de alguien poco habituado a escribir.

Al principio, la señorita no le dio importancia a aquel hallazgo. Cogió las fotografías que quería llevarse y dejó el sobre en el mismo sitio, escondido entre álbumes y carpetas de papeles viejos. Pero a lo largo del día, mientras recorría la casa por última vez para recoger todas las cosas que no deseaba olvidar allí, comenzó a sentir una curiosidad fastidiosa por aquel sobre. ¿Por qué Ricardo había guardado en un lugar secreto una nota tan insignificante? ¿La pintura roja era en realidad carmín? ¿A qué año se refería la fecha? La señorita intentó recordar qué había sucedido el 27 de febrero de aquel mismo año, pero su memoria no podía distinguir un día entre muchos días iguales. Sacó de nuevo el sobre del cajón y raspó con una uña el carmín para probarlo. Volvió a leer la nota: Restaurante Casanueva, 27 de febrero. Nada más.

Cuando los niños Cesáreo y Daniel volvieron del colegio, la señorita ya había empacado todo su equipaje y estaba preparada para partir. El autocar hacia Madrid salía de la estación a medianoche. Cenaría con sus hijos, esperaría a que se acostaran y se marcharía luego de la casa sigilosamente, acarreando el gran maletón y el cofre en los que había guardado sus posesiones. Al igual que por la mañana con Ricardo, trató de disimular la emoción al despedirse de Cesáreo y de Daniel. Entró en sus dormitorios cuando estaban ya acostados para dormir, a oscuras, de modo que ninguno de ellos pudo ver cómo lloraba al besarles. Pero no sintió lástima de sí misma, sino un escalofrío de orgullo por ser capaz de amar a alguien tanto como para ofrecerle aquella abnegación. Pensó que Alejandro Molina la recompensaría por ella.

Cuando salió a la calle cargada con el equipaje y cerró la puerta tras de sí, dejando sólo una nota para explicarle a Ricardo por qué se había ido, comenzó sin embargo a recordar el sobre manchado de carmín y a tratar de averiguar quién podía haberlo enviado. La pintura de labios parecía probar que se trataba de una mujer, pero ninguna de las mujeres que Adela conocía podía haberle escrito a Ricardo una nota como aquélla, que era sin ninguna duda una cita. ¿Tenía su marido una amante? La señorita sintió un sobresalto al pensarlo. No lo creía probable, pues Ricardo pasaba en casa todo el tiempo libre que le dejaba el trabajo, atendiendo a los niños y ocupándose de lecturas. Pero lo cierto es que la señorita no sabía bien cuánto tiempo trabajaba en realidad su esposo. Siempre le había creído; siempre había estado fiada de que pasaba en las oficinas de la fábrica todo el día, desde la mañana hasta la noche, pero no había comprobado nunca que fuera verdad. Quizá se ausentaba de su despacho durante horas para encontrarse con una mujer en alguno de esos hoteles discretos que había en las afueras, como los que ella había visitado con los caballeros del club. O tal vez se citaban en la casa de la mujer, pues nada demostraba que estuviese también casada. La nota que Ricardo conservaba podía ser la de la primera cita: un almuerzo o una cena romántica donde se habrían confesado finalmente su amor. La señorita hizo memoria para descubrir si alguna vez había oído hablar del restaurante Casanueva, pero no recordó nada. Ricardo nunca lo había mencionado.

No sabía en qué parte de la ciudad estaba ni qué clase de comida servían en él.

Al llegar a la estación, la señorita Adela temblaba. Soltó el equipaje y se quedó parada en mitad del andén, contemplando con ojos ciegos a las personas que merodeaban por allí. Por primera vez en su vida, se sentía completamente sola y desamparada, abandonada de todos. Su madre había muerto. Ricardo tal vez amaba a otra mujer. Cesáreo y Daniel habían cumplido ya la edad en la que deja de tenerse aprecio y respeto a los padres. Y Alejandro Molina, en California, ni siquiera sabía aún que ella estaba viajando para visitarle. De repente, allí quieta frente a la ventanilla en la que despachaban los billetes, vestida con su abrigo de armiño y con un traje de color pálido, la señorita se dio cuenta de que era una criatura carnavalesca, una estantigua triste y estrafalaria a quien ya nadie prestaba atención. Y entonces se acordó de Ramiro Sansegundo, que le había declarado su amor tan amargamente. Sentada sobre la maleta, sujetando entre las manos el cofre, comenzó a llorar. Estuvo así mucho tiempo, hasta que la estación se quedó vacía del todo después de que se hubo ido el último tren. Mientras los barrenderos empezaban a pasar los escobillones por los suelos, la señorita Adela se secó las lágrimas con un pañuelo de encajes bordados, como los de las damas estrafalarias a las que recordaba, y luego cargó de nuevo con su equipaje y regresó despacio a casa.

Nadie la había echado en falta. Todo estaba en silencio y los niños dormían en sus camas. La señorita recogió la nota que había dejado para Ricardo sobre su mesilla de noche y la rompió en pedazos. Luego comenzó a deshacer las maletas muy despacio y a colocar todas las cosas en su sitio. Se acostó cuando estaba amaneciendo. No tuvo ningún sueño, pero durmió desasosegadamente, como cuando bebía mucho vino en las cenas o tenía alguna enfermedad. Al despertar, miró el dormitorio con disgusto. Comprobó la hora y pensó que en esos momentos habría podido estar volando en un avión camino de California, al encuentro de Alejandro Molina. En lugar de eso, estaba todavía allí, tumbada en su cama, con el cuerpo molido y las pinturas del maquillaje corridas sobre la cara. Se puso en pie con pereza y trató de comportarse impetuosamente para espantar el abatimiento. Bebió café muy puro y se dio un baño caliente durante casi una hora. Después se puso uno de los vestidos más elegantes que tenía y se perfumó. Cuando los niños Cesáreo y Daniel volvieron del colegio, estaba ya acicalada como si fuera a acudir a alguna celebración importante. Pero no se movió de casa. Preparó la cena y se sentó en la sala a conversar con ellos, preguntándoles impertinentemente por los amigos con los que andaban, por las chicas a las que perseguían y por asuntos académicos comprometidos. Cesáreo, taciturno, la respondió con insolencias y se fue enseguida a su cuarto, huyendo de aquellas confesiones. A la señorita se le descompuso la paciencia y comenzó a gritarle. Al hacerlo, se dio cuenta de que sentía alegría por haber recobrado el apasionamiento, por la cólera, y entonces gritó más fuerte y se levantó para golpear con los puños en la puerta cerrada, como si la culpa de Cesáreo hubiera sido monstruosa. Estuvo un rato vociferando y dando patadas, pero no lo hacía ya por furia o por enfado, sino por júbilo. Al final, vio que el niño Daniel la miraba asustado y se calmó.

La señorita Adela encontró de nuevo en los cuidados familiares el empeño que necesitaba. Cuando Ricardo regresó de Francia, le recibió con una ternura regalona, casi empalagosa. Él estaba serio y un poco antipático, pero a pesar de ello le atendió amorosamente y le hizo preguntas que nunca antes le había hecho acerca de los fertilizantes, los cultivos y las plagas de insectos. Desde aquel día, se interesó por todo lo que a él le preocupaba y se mostró condescendiente con sus apetencias y sus intenciones. Se quitaba los malos pensamientos haciendo planes para agradarle. También le vigilaba en secreto para averiguar si se veía con alguna mujer, con la del restaurante Casanueva o con otra. Le llamaba por teléfono a la oficina a horas imprevistas o iba a recogerle a veces sin avisarle antes. Ricardo, que era un hombre manso, cumplía con ella como esposo, pero había en su comportamiento un trato extraño que la señorita no sabía interpretar bien. En ocasiones la desesperanzaban sus silencios o sus gestos agrios, y entonces volvía a acordarse de Alejandro Molina e incluso del amor de Ramiro Sansegundo, que no había vuelto a llamarla desde que se despidieron. Pero no se dejaba vencer por el desánimo. Respondía a las desconsideraciones de Ricardo con palabras conciliadoras, esperando que así volviera a ser poco a poco el hombre bueno que siempre había sido.

La señorita comenzó a comportarse como una de esas mujeres santas que purgan sus sueños indecentes con severísimas penitencias, ayunando durante días o colocándose cilicios bajo la ropa. Si veía el pecado, enseguida lo conjuraba esforzándose en actos desagradables. Los recuerdos de Alejandro Molina los curaba sirviendo más esmeradamente a Ricardo. Los pensamientos impuros, satisfaciéndole mejor. El orgullo, mostrándose humilde. Pensaba que todo acabaría cambiando con el tiempo, que aprendería otra vez a ser una esposa intachable y una madre comprensiva. Para conseguirlo, sólo necesitaba perseverancia. Si resistía las tentaciones, si se mantenía firme, dentro de unos meses no podría ni siquiera imaginar que alguna vez había intentado marcharse a California en busca de un hombre que la había amado muchos años antes.

Pero el tiempo pasó y a la señorita no se le aliviaron demasiado los males. Por eso, cuando Ricardo anunció que debía realizar otro viaje para acudir a una nueva reunión de científicos, la señorita dijo que le acompañaría. La reunión iba a celebrarse en Florencia, de modo que Adela podría visitar los museos de la ciudad mientas él asistía a las sesiones, y luego, por la noche, tendrían ocasión de pasear juntos por las riberas del río Arno, de las que ella había leído tantas cosas románticas. Ricardo, sorprendido, no manifestó ni alegría ni disgusto. Abrazó a la señorita con dulzura, como si le agradeciera su valentía, y se apartó de ella sin hablar más.

Cuatro semanas después, cogieron el tren que, cruzando la costa francesa y atravesando los Alpes por su borde, les llevó hasta Florencia. La señorita Adela había preparado aquel viaje como si se tratara de un desafío: llevaba escritos en un cuadernillo temas para dialogar con Ricardo si se quedaban en silencio; había estudiado algo de arte toscano y se había leído varios libros sobre la historia de los Medici; tenía planeadas algunas excursiones a los alrededores —Fiesole, Pisa, Lucca— y sabía exactamente en qué restaurantes cenarían cada noche y por qué calles oscuras, empedradas, regresarían luego al hotel. La señorita estaba segura de que Florencia era la ciudad perfecta para lograr lo que deseaba: amar de nuevo a Ricardo Bergara.

Pero todo ocurrió al revés de como ella lo había imaginado. Sólo donde puede haber gloria puede haber también infierno, y la señorita sabía bien que el destino siempre escoge para cada uno lo peor. Durante los dos primeros días, Ricardo estuvo huidizo, callado. Respondía a las preguntas de Adela con pocas palabras y, aunque accedía a todo lo que ella proponía hacer, mostraba siempre desgana. El tercer día, sin embargo, fueron a cenar a un restaurante al aire libre que había cerca del piazzale Michelangelo, desde cuya altura se contemplaba toda la ciudad, y en los postres Ricardo comenzó a hablar locuazmente, como cuando eran novios y él se esforzaba en explicarle los secretos de la química recitándole nombres de óxidos, sales, ácidos y glicerinas igual que si recitara versos. Pero en esta ocasión no habló de nitratos ni de abonos minerales, sino justamente de poesía. La señorita, que había bebido varias copas de vino durante la cena, sintió de golpe la felicidad que estaba esperando. Pero fue sólo un instante, porque enseguida se dio cuenta de que al hablar así, con aquellos aires líricos, Ricardo parecía un hombre ridículo. "Mira los tejados de la ciudad", decía. "Son como un valle rojo." La señorita contempló el panorama a través del ventanal que él señalaba y se acordó del color del carmín que tenía la nota secreta que estaba escondida junto a los álbumes. Intentó imaginar a la mujer que la había escrito. ¿Habría soñado ella alguna vez con pasearse montada en una limusina por las avenidas de Hollywood? ¿Tendría algún amante perdido, lejano? ¿Pensaría cada noche en los años de su juventud con ansia, como se piensa algunas veces en la muerte o en la traición?

Ricardo siguió diciendo lindezas, pero la señorita ya no le escuchaba. Aquella noche caminaron hasta el hotel en silencio. Luego, en la habitación, Adela se comportó con él tan desvergonzadamente como se había comportado con los hombres del club. Hizo que se tumbara bocabajo, desnudo, y se colocó encima, introduciendo los dedos entre sus nalgas para darle un placer que nunca antes le había dado. Mientras lo hacía, pensó que ése era el final, que desde ese momento nunca más podría amar de nuevo a Ricardo Bergara. Volvió a pensar en Alejandro Molina sin sentir culpa, pero al verse en un espejo, casi inmóvil sobre el cuerpo de su esposo, se dio cuenta de que aquél sí era el peor de los destinos: era vieja, de carne lacia, y amaba a un hombre al que ella misma había abandonado.

Ya nunca más se esforzó en agradar a Ricardo. El día en que volvieron de Florencia, atendió con desidia a sus hijos, deshizo a medias las maletas y se vistió atildadamente, con perejiles y galones. Antes de salir, se lo anunció a Ricardo: "Voy a un club", dijo. "A bailar". Él la miró con ternura y se quedó de pie frente a la puerta hasta que ella se hubo marchado. No volvieron a hablar nunca de los tejados de Florencia ni de los fosfatos. Adela fue acostumbrándose a salir cada noche, después de la cena, y a regresar muy tarde, a veces cuando ya había amanecido. No se convirtió en una mesalina ni en una mujer galante, pero comenzó a visitar el club sin acobardamiento y a tener tratos con quien se lo proponía. Las habladurías de sus extravíos eróticos, que los más puritanos llamaban aberraciones, la hicieron famosa, de modo que nunca le faltaban cortejadores dispuestos a bailar con ella y a llevarla luego a un hotel. El anciano de las babas era uno de sus pretendientes más perseverantes, pero la señorita elegía siempre a hombres más jóvenes y distinguidos. Con alguno pasaba más de una noche, e incluso aceptaba citas en jardines o en restaurantes. Se mostraba cautelosa, desconfiada. No contaba nada de sí misma, y si alguna vez se veía obligada a hacerlo por la insistencia de sus acompañantes, mentía sin dudarlo, repitiendo el relato de viajes o de peripecias que había leído en las cartas de Alejandro Molina. Cuando bebía mucho, sin embargo, se volvía dicharachera e ingeniosa, y con tono de confidencia revelaba intimidades que no eran en realidad suyas, sino de Helen o de alguna mujer inventada que ella habría querido ser.

Muchas noches, al volver a casa, Ricardo se la encontraba borracha en el salón, caída a veces en el suelo con la botella de licor bermejón vacía entre las manos. Pero el día en que llegó la carta con la que Molina respondía a la que ella le había enviado varios meses antes avisándole de su viaje, Ricardo la encontró en el cobertizo medio desnuda, a la vista de quienes pasaban por la calle. Estaba sin sentido, desmayada, y tenía todavía en la mano la hoja de papel escrita. Molina decía en ella que después de esperarla durante semanas, se había enterado por Ramiro Sansegundo de que al final había decidido no hacer la visita a California que había anunciado. Aunque estaba deseando verla, decía, se alegraba de que hubiera desistido de sus propósitos, pues en esos meses él tenía tantos compromisos que no habría podido atenderla con demasiado esmero. Pero enseguida cambiaría todo: estaba muy cansado de esa vida errabunda, que le hacía sentirse como un peregrino o un cómico viajando siempre de pueblo en pueblo, y había planeado tomarse un año de vacaciones para estar con su familia y poder disfrutar de los placeres de la pereza, que, como sin duda la señorita recordaba, eran los que él prefería. Adela podría ir a visitarles en esos meses. Le enseñarían los alrededores de Los Ángeles, le presentarían a algunos de sus amigos famosos y Helen la acompañaría a las mejores tiendas de ropa de la ciudad para que pudiera volver a Europa más elegante. Eso era todo lo que Molina decía en su carta. No hablaba de amor ni mencionaba los tiempos de la juventud.

A partir de aquel día, comenzaron a ocurrir los peores estragos. Alejandro Molina no volvió a escribirle, y la señorita, que hasta entonces había sufrido cada vez que le llegaba una carta suya, comenzó ahora a atormentarse porque no recibía ninguna. Un día, angustiada, visitó a Ramiro Sansegundo para pedirle noticias, pero él tampoco había tenido correspondencia con Molina últimamente y no pudo contarle nada. Se mostró hosco con ella, como si aún le guardara rencor por su desdén, pero Adela, que enseguida se bebió casi una botella de los licores que Ramiro había sacado para convidarla, no conservó el sentido necesario para darse cuenta. Se puso a reír con gestos de loca, ansiosa, y luego comenzó a desvestirse. Sansegundo la distrajo de aquel desvarío y le dio café con pastillas para que durmiera un poco. La cuidó toda la tarde, y al fin, cuando anocheció, la acompañó a casa, prometiéndole que en cuanto supiera algo de Molina se lo comunicaría.

El niño Cesáreo, que cumplió dieciséis años, se había convertido poco a poco en un muchacho algo canalla. Era demasiado faldero para su edad y le gustaba hablar insolentemente con quienes le reprendían. En el colegio tenía fama de holgazán. La señorita Adela ya no dedicaba como antes tantos cuidados a su educación, y Bergara, que le vigilaba con curiosidad, seguía pensando que las indignidades que cometía eran sólo bribonadas pasajeras, pecados de niño. Había llegado a estar enredado en una riña de navajas, de la que salió indemne gracias a la guardia municipal, y sus amoríos, que eran casi siempre fanfarronerías, servían en la ciudad para airear deshonras de muchachas honestas.

Algunos días, al despertar de una embriaguez, Adela se daba cuenta de los males de su hijo, pero los esfuerzos que hacía para enmendarlos eran tan fugitivos como su propia serenidad. Los remedios y las disciplinas con los que planeaba educarle se le olvidaban enseguida. Antes de que llegara la noche, sentía en los labios un ardor parecido a la sed y se servía una copita de licor para aliviarlo. Siempre pensaba que un trago sería suficiente, pero al ver cómo le volvían el ánimo y la bravura poco a poco, se servía otro con el fin de fortalecerse más. En el tercero ya abandonaba la voluntad de no seguir. Se daba un baño, se ponía alguno de sus vestidos de fiesta y se iba al club, sin acordarse ya del niño Cesáreo ni de los daños de la vida.

Durante una de aquellas noches conoció a un hombre muy apuesto que estaba en la ciudad de paso. Se llamaba Leopoldo y era bastante más joven que ella, aunque las maneras caballerescas que tenía le hacían parecer de otra época. Usaba corbatín y guantes. En el ojal de la chaqueta llevaba una flor roja de pétalos pequeños que servía para darle un toque suave de color a la indumentaria. Guardaba los cigarrillos en una pitillera de plata grabada con iniciales que no eran las suyas y los encendía con un mechero dorado muy fino, casi plano, que hacía salir de entre los dedos como si fuera un prestidigitador. La señorita se fijó, además, en sus zapatos, que se le ajustaban al pie con mucha elegancia. Eran de piel negra y tenían un lustre resplandeciente. Cuando cruzaba las piernas, apoyando una sobre el muslo contrario, quedaba a la vista, estirado, sin pliegues, el calcetín negro que cubría el tobillo. A veces Leopoldo ponía su mano allí, sobre el tobillo, para sujetar la pierna en aquella postura, y entonces la señorita le miraba intentando ver bien los ribetes del zapato o las costuras de la boca del pantalón, bajo la que asomaba una línea de carne blanca muy velluda.

La señorita Adela, que cuando estaba un poco ebria se volvía fantaseadora, comenzó a pensar que aquel hombre misterioso era un espía o un embajador en misión secreta, porque le contó con palabras laberínticas, indescifrables, un viaje en tren que había hecho a cierta ciudad húngara para recoger unos documentos. Le habló de condes y de archiduques. E incluso sacó del billetero un salvoconducto que estaba escrito en un idioma extranjero que no se entendía y se lo mostró a la señorita fugazmente, como si no quisiera darle tiempo a que leyera nada. Ella suspiró emocionada, y al oír los primeros compases de un bolero antiguo de Lucho Gatica que la conmovía, le pidió que la sacara a bailar. Se dio cuenta al abrazarse a él de que incluso el olor de su perfume era especial, más refinado y más dulce. Después de haber tratado a tantos gañanes y labriegos, supo que estaba junto a un hombre con clase. Seguramente así eran todas las personas que conocía Alejandro Molina, los amigos que le invitaban a sus fiestas o los que le acompañaban en viajes, los anfitriones que le recibían en las ciudades a las que iba, los periodistas que le entrevistaban e incluso las amantes que quizá tenía a veces. A la señorita le habría gustado saber qué opinión le merecía a Molina aquel hombre.

Esa noche Adela no fue a un cuarto de putas, sino a una habitación del Hotel Continental, que era uno de los más lujosos de la región. Leopoldo estaba alojado allí, en una suite con un gran balcón desde el que se veían los tejados de toda la ciudad. Nada más llegar pidió al servicio de camareros una botella de champán y unos dulces. Luego se sentó junto a la señorita en un diván que había al lado de los ventanales y le cogió una mano delicadamente. Con voz muy mansa, empezó a contarle algunas historias de su vida. Había nacido en Argentina, junto al mar de Buenos Aires, pero sus padres lo habían traído a España cuando todavía no tenía los ojos abiertos del todo. No recordaba nada de aquella tierra, y a pesar de que había recorrido muchos países para hacer tratos comerciales, no había vuelto nunca a ella. De joven había sido inventor. Había inventado máquinas y sustancias: un aparato que limpiaba los techos de las casas, una bicicleta muy veloz, una turbina, un plástico que podía resistir el fuego, un silenciador de motores, una herramienta para soplar el vidrio o una muela trituradora para los molinos hidráulicos. Pero su gran descubrimiento, el hallazgo que le hizo famoso y le dio fortuna, fue un líquido que borraba los olores. La patente se vendió enseguida en todo el mundo y el ungüento comenzó a usarse en calles y en sitios públicos para purgar las fetideces. A los veintisiete años, Leopoldo era ya un hombre rico. Desde entonces no había vuelto a inventar nada, aunque a menudo se le ocurrían artefactos, mecanismos y tratamientos químicos que podrían ser investigados con éxito.

Después de aquello había sido político, falsificador de arte, profesor de pintura en una universidad de Sudáfrica y cazador de tigres a sueldo de traficantes de pieles. En la actualidad era investigador privado. Buscaba a sospechosos, perseguía a asesinos y vigilaba a adúlteros para lograr pruebas de sus traiciones. De todas las profesiones que había tenido, ésta era sin duda la que más le complacía. Estaba llena de aventuras y de riesgo, pero además permitía husmear en las pasiones humanas y conocer sus secretos más oscuros. Aunque había empezado con ese oficio por necesidad, se sentía orgulloso de él. Hacía varios años había conocido a una mujer bellísima en una fiesta ofrecida por el embajador inglés en Kenia, en su villa de Nairobi. La dama, de edad madura, estaba casada con un magnate irlandés que importaba de Kenia té y aceite mineral. Tenían una hacienda en el sur, cerca de Magadi, donde el rugido de los tigres y de los leopardos se escuchaba desde las alcobas a medianoche. Ella salía cada día a cabalgar por la llanura buscando antílopes, y estudiaba el idioma de los negros nativos conversando con sus sirvientes. Pasaban en Kenia sólo uno o dos meses al año, y luego volvían a Dublín o viajaban a algunos de los países remotos en los que su esposo tenía negocios: Vietnam, Canadá, Chipre o las Antillas.

Leopoldo sintió enseguida por ella idolatría, y como era un hombre de amores extraordinarios, se la manifestó sin pararse a pensar en leyes o en virtudes. No esperaba nada, salvo la paz que se obtiene siempre de las confesiones, pero ella se echó en sus brazos desesperadamente y se le entregó con una pasión de mujer herida. Comenzaron a verse todos los días en el hotel en el que Leopoldo vivía cuando estaba en Nairobi o en la casa de un vendedor de rifles muy amigo suyo que ya había sido antes encubridor y huésped de otras seducciones. Se reunían siempre a escondidas en calles oscuras o en campos. Se daban cita en la lejanía de la sabana, en praderas de tierras llanas y siempre iguales que no tenían árboles o roquedales que sirvieran de seña y que por tanto debían ser recorridas hacia norte y sur durante horas hasta ver en el horizonte el perfil de otro jinete. A veces se encontraban justo a la hora del crepúsculo, cuando empezaban a oírse los aullidos de los chacales a lo lejos. Regresaban entre las manadas de jirafas o de búfalos viendo cómo el color azafranado del cielo se volvía violáceo. Cabalgaban casi a oscuras entre los osos que había cerca de las cuevas. Luego, al llegar a las afueras de Nairobi, desmontaban y se besaban escondidos entre los caballos, callados y tristes. Allí se separaban otra vez.

El peligro de ser descubiertos que les amenazaba a cada momento hacía más vivo su amor. Los reencuentros eran afiebrados y salvajes. En ocasiones se cubrían uno al otro con mordazas para que sus gritos no se oyeran. En el cuerpo les quedaban verdugones y marcas, arañazos de uñas, mordeduras. Pero lo que Leopoldo recordaba mejor era la voz que oía luego, las palabras de ella imaginando cosas, hablando de paisajes lejanos o de músicas, describiendo los muebles de la casa en la que había vivido de niña o el rostro de sus padres. Era una voz áspera y granuda, casi de hombre, pero tenía un sonido pulposo que la hacía dulce. De ella había escuchado Leopoldo promesas de amor eternas.

Un día, sin embargo, la dama desapareció sin dejar aviso. No acudió a las citas que se habían dado la noche anterior, y cuando Leopoldo fue a la hacienda para buscarla, los criados le informaron de que ella y su esposo habían regresado a Europa esa misma mañana, tal y como tenían planeado desde hacía un mes. En los días siguientes no llegó ninguna carta ni hubo recaderos. Leopoldo, comenzaba a tener visiones de loco, hizo indagaciones, preguntó a algunos amigos de la dama y husmeando en documentos de la embajada irlandesa, pero no averiguó nada. Todos los indicios probaban que era un viaje conocido por ella desde hacía tiempo y que sin duda lo había ocultado deliberadamente. Leopoldo, sin embargo, no podía darle crédito a aquel engaño. Estaba seguro de que el amor de la dama había sido verdadero, porque la expresión que tenían sus ojos al abrirse mientras le besaba no podría haber sido creada por una farsante.

Un mes después de la desaparición de la mujer, Leopoldo conoció al terrateniente que le vendía el té a su marido. Era un individuo rudo y de mal carácter, pero a pesar de eso se esforzó en tratarle para conseguir información acerca del irlandés. Poco a poco fue enterándose de algunos datos importantes: la frecuencia con la que los esposos viajaban a Kenia, el puerto de Europa en el que se recibían los cargamentos, el nombre de los banqueros que libraban las cuentas de las operaciones o el domicilio postal de Londres al que eran enviados los documentos comerciales. Siguiendo el rastro de esas pistas, descubrió después de varias semanas la dirección de Dublín en la que vivía la dama. Viajó allí inmediatamente para hablar con ella y comprender por fin por qué se había ido de Nairobi sin anunciárselo. Pero llegó tarde. La casa había sido vendida y nadie conocía el paradero del irlandés, quien al parecer se había marchado lejos huyendo de una venganza de las mafias del país. Todos los rastros que había dejado eran falsos y estaban llenos de trampas, de modo que Leopoldo no supo cómo seguir buscando a su dama. Pero no perdió la esperanza de encontrarla. Continuó investigando, examinando uno a uno los signos y las huellas, interrogando a testigos, viajando de ciudad en ciudad a la busca de algún vestigio.

Fue así como llegó a ser detective. Llevaba años resolviendo casos criminales casi indescifrables y se había convertido en uno de los más prestigiosos investigadores del mundo. Recibía encargos de países de Asia cuyo nombre ni siquiera conocía o de personas de tanta alcurnia que tenían a su disposición cuerpos de seguridad privados. Cobraba honorarios fastuosos. Asesoraba a las policías de Francia, Alemania, Bélgica y Gran Bretaña. Pero no había sido capaz, sin embargo, de encontrar nunca a la dama de Nairobi.

Cuando Leopoldo terminó de contar su historia, la señorita Adela estaba llorando desconsoladamente. Tenía una mano alzada frente a la cara para esconder la fealdad del llanto, las muecas que le crispaban la boca por el hipo. Había permanecido todo el tiempo inmóvil en el extremo del diván, mirando a veces por los ventanales cómo comenzaba a amanecer y se clareaba el color de las tejas. Su copa de champán estaba casi llena, y aunque sentía sed no tenía fuerzas para cogerla. Leopoldo puso un dedo en su rostro, estirándose desde su asiento, y secó las lágrimas con él. Luego bajó la voz como si hiciera una confidencia y dijo: "He pasado años buscando a la mujer que amaba, y por fin la he encontrado". Al oír aquello, la señorita perdió el dominio de sí misma y rompió a sollozar con gritos. Él la abrazó y esperó a que se desahogara.

Después de aquello, Leopoldo no tuvo ningún estorbo para satisfacer sus placeres con Adela durante los días que permaneció en la ciudad. Ella acudía cada noche al Hotel Continental, se desnudaba mientras le hacía ternezas y se esmeraba luego obedeciéndole en todo. Leopoldo, como los otros amantes de la señorita, parecía contento de sus artes. La recompensaba con halagos y con algún obsequio de poco valor que ella guardaba emocionada. No la dejaba dormir con él, pues al parecer tenía un sueño tan liviano que con cualquier molestia se disipaba. Pero a veces, cuando se separaban muy tarde, ella le esperaba abajo en vela hasta la hora del desayuno. En esas vigilias le escribía cartas a Alejandro Molina, hablándole de Leopoldo y de los grandes osos que había en las llanuras de África. Luego, al volver a casa, las rompía.

Aquella felicidad sólo duró once días. Después Leopoldo anunció que debía marcharse siguiendo el rastro de un hampón al que había venido a investigar en la ciudad. Pasó la última noche de amor con la señorita, como las diez anteriores. Al despedirse, ella le pidió su dirección para visitarle si alguna vez iba a Madrid. Leopoldo la miró desconfiado, pero como la señorita estaba muy pálida y tenía los ojos lagrimeando, buscó en la gaveta un papel usado y le escribió en el reverso sus señas. Adela volvió a casa llorando y hablando sola. No puede asegurarse que tuviera entonces desvaríos de enferma, pero las imágenes que había en su cabeza no eran ya demasiado reales. Le pasaban por la memoria recuerdos de Moscú, de la bahía de San Francisco y de Nueva York. Se acordaba de una frase llena de ingenio que le había oído decir en una fiesta a Lauren Bacall o de una pelea entre Marilyn Monroe y Joe di Maggio que había presenciado hacía muchos años en los pasillos de un teatro. Eran laberintos del tiempo en los que se perdía.

A partir de aquel momento, la vida de la señorita no volvió a ser nunca apacible. En la semana siguiente a la fecha en la que Leopoldo se marchó de la ciudad, comenzaron a sucederse, uno tras otro, males, calamidades y desastres. Al niño Cesáreo le expulsaron del colegio por una pelea en la que había estado a punto de matar a un compañero de curso que le había denunciado ante un profesor por copiarle unos ejercicios. Ricardo, por su parte, se dejó ver en público con una mujer pelirroja a la que abrazaba enamoradamente, quizá la del restaurante Casanueva. Y por último, Alejandro Molina volvió a escribirle una carta después de mucho tiempo de silencio.

La carta, que estaba enviada como siempre desde Los Ángeles, era muy corta y había sido caligrafiada con cuidado, marcando mucho los trazos de las letras. A la señorita le temblaban tanto las manos que tuvo que dejar el papel sobre una mesa para poder leer.

Mientras lo hacía, empezó a llorar, y las pinturas del maquillaje que se acababa de untar para salir al club se le escurrieron por la cara poco a poco, goteando. Molina se disculpaba por no haber respondido a sus cartas durante todo ese tiempo, pero el éxito de su libro le había tenido ocupado con conferencias, atenciones a la prensa y viajes por todo el continente. Ahora, sin embargo, ya estaba más calmado, y después de pasar unos días de vacaciones con su hija Audrey y con Helen en las playas de Puerto Rico, había emprendido por fin la tarea de cumplir con las deudas que tenía, entre ellas la de escribir a la señorita, a quien a pesar de los años transcurridos él seguía teniendo afecto. Aquellas palabras amables, llenas de indulgencia, acongojaron mucho a Adela, que volvió a sentir una piedad casi religiosa al recordar a Molina. Se dio cuenta de que todos los juicios que había hecho sobre él cuando eran novios estaban errados. ¿Dónde había quedado la ira de la que le acusaba? ¿Dónde el orgullo y el resentimiento? ¿No era aquel que escribía esa carta tan misericordiosa un hombre ante todo paciente y dulce? Adela lo había inventado todo para abandonarle, igual que su abuela inventó hacía muchos años los peligros de la guerra en Cuba para huir de aquel muchacho de Camagüey que la adoraba. Era tal vez el destino de las mujeres: amar a hombres fascinantes para perderlos luego.

Aquella noche, la señorita salió de casa ya borracha. En el club, donde eran conocidos sus delirios, se comportó con demasiada desvergüenza, y al final de la madrugada, cuando la orquesta estaba tocando una de las últimas canciones, se cayó en mitad de la pista y quedó sin sentido, con las faldas levantadas por la cintura y el pecho del vestido desgarrado. Esa imagen indecorosa de la señorita corrió al día siguiente de voz en voz por toda la ciudad. La fama de sus trastornos, que ya era grande, se extendió rápidamente, e incluso fue adornada con mentiras y leyendas. Se llegó a decir, por ejemplo, que había hecho brujerías y había participado en bacanales y aquelarres. O que disfrazaba a sus amantes de machos cabríos para excitarse. O que de joven había estado en un burdel aprendiendo todas esas artes que tanto alababan los hombres que la frecuentaban.

Ricardo no dormía en casa casi nunca, y, aunque cuando coincidía allí con la señorita la trataba con mucha cordialidad, interesándose en sus asuntos y preguntándole por su vida como si no supiera nada de ella, ya no buscaba ninguna reconciliación ni se esforzaba en comprenderla. No le daba tampoco explicaciones de sus amoríos, a pesar de que más de una vez se había encontrado Adela a la mujer pelirroja en el salón de la casa o en el cuarto de baño. El niño Cesáreo quedó bajo la disciplina de su padre, que tomó medidas severas para rehabilitarle, entre ellas la de apartarle de la casa y de la compañía de la señorita Adela. Daniel, que ya se había convertido también en un jovencito un poco insolente y desgobernado, fue enviado interno a un colegio de religiosos ignacianos que tenían reputación de educadores estrictos. La casa estaba vacía, y muchos días, cuando la señorita se despertaba después de la borrachera y andaba por las habitaciones buscando a alguien que la consolara, sólo encontraba silencio. Se sentaba en la galería, con la fotografía de Alejandro Molina en las manos, y recordaba los años en los que habían estado juntos. Miraba fijamente las cúpulas de la catedral de San Basilio que había al fondo de la imagen, y cerrando los ojos empezaba a soñar que había estado allí con él, en los palacios de Moscú.

En los siguientes meses, la señorita tuvo otra vez voluntad de enmienda. Quiso dejar de beber y de ir al club cada noche. Intentó moderar sus relaciones con hombres. Compró un regalo para Ricardo y le escribió una nota de arrepentimiento. Visitó a Daniel en el internado y se reunió con el niño Cesáreo varias veces para interesarse por sus problemas. Nada, sin embargo, tuvo fruto. Los vicios a los que había ido acostumbrándose durante tanto tiempo resultaban ahora imperiosos, y las abstinencias que pretendía se convertían por lo tanto en vanidades inalcanzables. Cuando tenía algún contratiempo o sentía tristeza, se servía una copita de licor bermejón para calmarse, y después se seguía sirviendo más para que el ansia no le volviera. Ricardo, por su parte, le agradeció el regalo y fue compasivo, pero no aceptó componendas ni favores. Se había enamorado de la mujer a la que acompañaba últimamente y quería vivir con ella. Tampoco los niños la perdonaron. No mostraron ningún interés por sus auxilios ni por sus charlas.

La señorita Adela volvió a caer poco a poco en los infiernos. Tenía el dormitorio lleno de botellas de licor bermejón y algunos días no salía de la cama. Los amantes iban a visitarla allí a cualquier hora, de modo que ahora sólo acudía al club cuando quería bailar. Su aspecto de antes se había descompuesto: tenía el rostro avejentado, con las mejillas consumidas y sin color; el pelo lo llevaba mal cortado, revuelto; la esclerótica de los ojos amarilleaba como en los enfermos; y las ropas que vestía estaban sucias y desplanchadas, con botones caídos y desgarrones sin coser. Nadie cuidaba de ella. Su situación, además, empeoró pronto, pues Ricardo dejó de pagar los gastos de la casa y de comprar los alimentos que a veces había en la despensa, y las rentas de familia que tenía Adela no eran tan grandes como para mantener la opulencia.

La señorita vivió durante algunas semanas como una pordiosera. No comía nada, salvo los bombones que a veces le traían de regalo sus amantes, y vagabundeaba por las calles sin lavar y medio desnuda, luciendo sobre el camisón el abrigo de armiño y las bisuterías. Se sentaba en los parques a pensar en Alejandro Molina y en los años de la juventud. De los bolsillos sacaba una botellita pequeña de licor y la fotografía de la catedral de San Basilio. Aunque casi todo el tiempo estaba ebria, con la cabeza perdida, no olvidaba nunca en lo que se había convertido por haberse apartado del hombre que la amaba: una madre dañina y una esposa puta.

Una noche se cayó en la calle al volver del club y ya no pudo levantarse. Durmió allí, cruzada en mitad de la acera de una plazoleta, a la intemperie. Por la mañana la despertó la policía y la llevó a la comisaría para interrogarla. Aquel episodio asustó mucho a la señorita, que sentía espanto al imaginarse convertida en una de esas limosneras que se sentaban en la escalinata de la catedral al final de la misa. Ese día, al llegar a casa, vació en el desagüe del lavabo todas las botellas de licor que tenía guardadas. Se arrepintió luego, cuando la angustia comenzó otra vez a provocarle espasmos y sudores. Trató de dormir, pero en la cruz de los ojos tenía un dolor muy fuerte, como si un alfiler ardiendo la atravesara. Estaba a punto de perder el sentido, creyendo que se moría. Entonces tuvo una visión y prendió la luz de repente. Saltó de la cama y comenzó a revolver en los cajones. A pesar del desorden que había en el dormitorio desde que la criada no iba a limpiar, encontró enseguida lo que buscaba. Sostuvo en la mano aquel papel, la factura de un almuerzo en el hotel Continental, y leyó en voz alta la dirección que Leopoldo había escrito en el reverso. La repitió una y otra vez. Los temblores se le fueron calmando y el cuerpo se le enfrió poco a poco. Se quedó dormida sobre la cama, con las piernas colgando por un lado.

Adela tuvo que esforzarse mucho en los siguientes días para no perder la continencia, pero el ánimo que le daba el recuerdo de Leopoldo y el amor que según creía podría encontrar en él, la fortalecían. Primero lavó toda su ropa y remendó las partes que lo necesitaban. Cosió botones, zurció rotos y bordó festonados y vainicas raídos. Planchó cada prenda dos veces para que no hubiera imperfecciones. Luego buscó en el baño los botes de cremas y de afeites y los alineó sobre una mesa: coloretes, carmines, tintes, pomadas, perfumes, esmaltes, lacas, polvos de arroz, vaporizadores, lociones y esencias. Fue separando unos de otros, ordenándolos, y los puso todos en un neceser grande junto con los cepillos, los pinceles y los útiles de manicura. Sacó brillo a los zapatos, colocó las bisuterías en un joyero y guardó en el portafolios de piel que Ricardo le había regalado en su último aniversario los documentos y las cartas de Alejandro Molina. El tercer día, por fin, comenzó a meterlo todo en las maletas.

Antes de irse, cerró bien la casa y avisó en el despacho de correos de que deberían enviarle a la dirección de Leopoldo en Madrid las cartas que le llegaran. Fue a la estación de ferrocarriles caminando para que todos la vieran. Arrastró las maletas con brío, como si fuera aún una mujer joven acostumbrada a esas aventuras. Subió al tren emocionada, con el cuerpo atiesado por el miedo, y cuando los vagones comenzaron a moverse en el andén se le soltó el llanto delante de los viajeros de su compartimento, que la consolaron pensando que lloraba porque se separaba de alguien a quien amaba. Adela sacó la foto de Alejandro Molina, que llevaba en el bolso, y la apretó en su pecho. Si hubiera tenido allí una botella de licor, habría brindado, pero en el tren no servían bebidas y no pudo hacerlo.

Aunque había estado en Madrid dos veces, no recordaba nada de la ciudad. Sabía que había ido con Ricardo a un museo de pintura y que el hotel en el que se alojaron estaba cerca del Palacio Real, junto a unos jardines por los que habían paseado varios días al anochecer antes de regresar a dormir. Pero no conocía calles ni barrios y, por supuesto, nunca había oído hablar de la plaza del Ángel, en la que vivía Leopoldo. Se montó en un taxi al salir de la estación de Atocha y le dio al conductor el papel para que leyera la dirección. En el trayecto, que duró poco, la señorita fue imaginando la grandeza de la casa a la que iba. A juzgar por la apostura de Leopoldo, que bien se veía además que era un caballero de fortuna, pensó que sería una mansión grande, una villa o un palacete. Por eso sintió extrañeza cuando el coche se detuvo delante de un edificio de piedra vieja y sucia, con los balcones llenos de óxido y las cornisas partidas. En los bajos había un comercio de mercería medio vacío. El portón era grande, de madera despintada, y atornilladas en sus flancos podían verse placas que anunciaban casas de huéspedes y pensiones.

La señorita entró en el portal con indecisión, desconcertada. Estaba oscuro y olía a desinfectantes. Las paredes tenían manchones verdes de moho y en el suelo había hilos de agua. Al fondo, junto al zaguán del portero, en el que no se veía a nadie, comenzaba la escalera. Adela cargó con las maletas y subió despacio, tanteando con los pies los peldaños para no caerse. Aunque estaba decepcionada por aquel aire lúgubre, no sentía todavía aprensión. Iba leyendo los nombres que había en las chapas de las puertas y examinándolo todo con detenimiento. Cuando llegó al último piso, soltó las maletas y volvió a mirar el papel en el que Leopoldo había copiado su dirección. Era aquélla, sin duda, pero a lo mejor había habido algún error. Tal vez Leopoldo se había equivocado al escribir el número, confundiéndolo con alguna otra cifra que le resultara familiar: el día de su nacimiento, la matrícula de un coche o la cantidad de dinero que cobraba a sus clientes por cada encargo. Quizás incluso le había dado la dirección de su casa en otra ciudad, pues la señorita estaba segura de que tenía propiedades en muchos lugares. Podía ocurrir, por último, que las autoridades del municipio hubieran cambiado la numeración de las fincas de la plaza para incorporar alguna edificación reciente, y en ese caso la residencia de Leopoldo sería una de las lindantes.

Para salir de aquellas dudas, la señorita se acercó a la puerta que tenía más cerca en el descansillo y tocó al llamador con fuerza. Al cabo de unos instantes oyó el ruido de pasos que se acercaban. La mirilla se descorrió de repente y a través de ella vio un ojo de color pardo y con la ceja muy espesa mirándola. Luego se abrió la puerta y apareció un hombre más bien bajo y carnoso, con el vientre panzudo y los brazos rollizos cubiertos de vello hasta los hombros. Llevaba una camiseta de tirantes llena de pintas de grasa y de pringues marrones. Era calvo y tenía el rostro un poco contrahecho, con la boca muy pequeña casi sin labios y esa gran ceja de pelo rizado que lo atravesaba de parte a parte.

La señorita, sonriendo como si encontrara agrado por su presencia, le mostró el papel de la dirección y le contó su problema. El hombre cogió el papel para leerlo, pero no dejaba de contemplar a Adela con embobamiento. La invitó a pasar, pero ella señaló las maletas disculpándose. "Me llamo Aurelio", dijo el hombre. "Yo me llamo Adela", respondió la señorita. Entonces él se metió dentro de la casa sin explicar nada y salió poco después con unas gafas en la mano. Se las puso y examinó el papel atentamente, carraspeando mientras lo hacía. La señorita, inquieta, no dejaba de mirarle. Detrás de él, en la casa, había silencio, y al fondo de un pasillo muy oscuro podía verse un tragaluz que ventilaba un cuarto. "Aquí no vive ningún Leopoldo", dijo por fin el hombre. "Ni ha vivido nunca nadie que se llamara así. Llevo en esta casa más de treinta años y jamás ha habido un vecino con ese nombre." Antes de perder la compostura, la señorita Adela le preguntó si habían cambiado recientemente la numeración de los edificios en la plaza, pero Aurelio, exagerando, le aseguró que los portales tenían los mismos números desde hacía al menos cien años. Ella boqueó todavía algunas palabras. Luego se puso a llorar desconsoladamente, y Aurelio, que esperaba alguna excusa para acercarse a ella, la abrazó con fuerza y la hizo entrar a la casa.

Se sentaron en un cuarto muy pequeño que tenía muebles de todas las clases, de modo que la señorita no supo adivinar en qué habitación se encontraban. Había una cama estrecha y corta, de niño, y a sus pies, pegada ya al hierro de la armadura, estaba encajonada una alacena que además de platos y tazones de una vajilla vieja decorada con arabescos dorados, tenía colocados en sus estantes libros, esculturas de escayola, flores de plástico y vasijas. Sujetas en el cristal del frente, colgaban dos fotografías antiguas. En el centro del cuarto había una mesa camilla con cuatro sillas de escay desencoladas que no cabían con holgura. Y detrás de la puerta, al otro lado de la pared en la que estaba la cama, había una máquina de coser abierta con retales de telas llenos de pespuntes y enganchados aún a las agujas. La habitación no tenía ventana.

Aurelio sacó dos tazones de la alacena y una botella de anís que estaba escondida debajo de la cama. La señorita, que moqueaba sofocada, bebió lo que le sirvieron sin acordarse de su abstinencia. Con el primer tazón de anís sintió una lozanía extraña, una salubridad que la exaltaba. Con el segundo sintió sosiego. Dejó de llorar y comenzó a contarle a Aurelio la historia de Leopoldo, sus amores en Nairobi, sus atardeceres en la sabana contemplando las manadas de búfalos y los osos gigantescos, la huida de la mujer a Irlanda o a alguna parte en la que él no había sido capaz de encontrarla. Cuando acabó, Aurelio, que trabajaba de alimentador en el zoo y sabía mucho de animales, la miró fijamente, compadecido, y dijo muy despacio que en Kenia nunca había habido osos. La señorita oyó aquello con serenidad, como si no tuviera importancia. Levantó el tazón para que el otro se lo llenara de nuevo y acabó de secarse los ojos, que todavía lagrimeaban un poco. Hubo unos segundos de silencio. Aurelio la observaba con curiosidad y espiaba su escote. Ella bebía anís mirando a todas partes. Sobaba con los dedos la rugosidad de la botella, que estaba ya casi vacía. La luz del cuarto, caída de una bombilla sin pantalla que colgaba sobre la mesa, amarilleó igual que si estuviera anocheciendo. No había ningún ruido, salvo los suspiros de Adela. "Nunca ha habido osos en Kenia", repitió Aurelio. "En África no hay osos."

La señorita Adela pensó en Alejandro Molina, como hacía siempre que contemplaba los desastres de la vida frente a sí. Se dio cuenta de que era ya una mujer vieja y de que sólo le quedaban sueños que no se cumplirían. Por primera vez tuvo la certidumbre de que todo se había acabado ya, y aunque el descubrimiento de ese final la hizo estremecerse de miedo, sintió al mismo tiempo una paz que nunca había conocido. Apuró el último anís y dejó el tazón sobre la mesa. Aurelio se quitó entonces las gafas y alargó una mano para ponerla sobre la rodilla de Adela, que separó las piernas sin mirarle y apoyó la espalda en el escay húmedo de la silla. Mientras él le acariciaba los muslos y rascaba con las uñas el filo de las ingles, volvió a imaginar los lugares en los que no había estado: los desiertos de África, los bosques de Canadá, los palacios de Moscú. No abrió los labios cuando Aurelio puso su boca en ellos, pero se dejó tumbar en el suelo sin protestar. Oía su respiración de bestia, sus resoplidos roncos, y notaba en la nariz el olor a legumbres de sus dedos. Con los pantalones desabotonados, se tumbó sobre ella y la lamió detrás de las orejas. Como no cabían bien en la habitación, tenían las cabezas fuera, en el pasillo, y la señorita podía ver bocabajo las pinturas de vírgenes y de cacerías que había colgadas en la pared. A la vez que fornicaba, Aurelio le decía finuras de señor con voz de gañido. Fue todo muy rápido. Antes de que Adela hubiera terminado de contar el número de puertas que había, él resopló a gritos, como un caballo, y se dejó caer encima de ella desmayado. La señorita, aplastada, cerró los ojos para dormir, pero Aurelio se levantó de repente y tiró de ella apremiándola. "Mi mujer", dijo asustado. "Mi mujer está a punto de volver."

Adela se arregló la ropa y caminó por el pasillo dando tumbos. Aurelio, que miraba hacia el suelo avergonzado, la acompañó hasta el descansillo de la escalera, donde estaban todavía las maletas. "No puedo ayudarla", dijo. "No conozco a ningún Leopoldo." Se quedó quieto, escarbándose los dientes, y después añadió: "Además, nunca ha habido osos en Kenia". Y sin despedirse, cerró la puerta. La señorita Adela se sentó sobre una de sus maletas y permaneció allí un rato, mareada. Habría querido beber un poco más de licor, porque sabía que así conseguiría despertarse, pero no tenía fuerzas para moverse. Oyó algunos ruidos de timbres y de voces, y cuando vio que alguien llegaba al piso en el que ella estaba, se levantó deprisa, cogió el equipaje y comenzó a bajar disimulando. Se cruzó con una mujer encorvada y gruesa que subía agarrada al pasamanos. La saludó con un gesto de la cabeza y siguió descendiendo sin volverse a mirar. Dos pisos más abajo, en el tercero, Adela estuvo a punto de caerse al pisar un escalón que estaba astillado. Entonces leyó el anuncio de una pensión que había en la puerta del frente, y sin meditarlo mucho tocó el timbre. Salió a abrirle una señorona vieja que fumaba en boquilla larga y hablaba groseramente. Le enseñó las habitaciones que quedaban libres y le pidió el dinero por adelantado. La señorita, que no tenía fuerzas para seguir buscando y no sabía dónde ir en aquella ciudad de la que sólo recordaba jardines y museos, no discutió, pero antes de darle los billetes le preguntó si conocía a un Leopoldo que había vivido en ese domicilio alguna vez. La patrona le respondió que en aquella casa nadie había usado ese nombre desde hacía más de un siglo.

La señorita Adela se quedó a vivir allí, en una habitación tan pequeña como la de Aurelio pero con menos muebles. La pensión era limpia y silenciosa, y la patrona, que a primera vista parecía de trato un poco agriado, tenía en el fondo buen corazón y cocinaba muy bien. No había huéspedes estables, aunque muchos de los que se alojaban en la pensión eran viajantes de comercio que volvían cada cierto tiempo y tenían con la dueña confianza y dispensas. También paraban allí hombres puteros que venían de provincias para satisfacerse carnalmente con mujeres mejores que sus esposas. Las busconas estaban cerca de la pensión, en la calle de la Cruz o en la plaza de Benavente, y la patrona no tenía remilgos para consentir en su casa aquellos encuentros siempre que no hubiera alboroto ni excesos.

En los primeros días, Adela pensó que volvería a su ciudad. Le escribió una carta a Ricardo en la que, además de preguntarle por los niños y de cortejarle con palabras amables, le anunciaba su regreso. Pero las semanas fueron pasando y la señorita comenzó a acostumbrarse a los aires de Madrid. Encontró algunos clubs de baile bulliciosos que le parecían colosales en comparación con el que ella había frecuentado en su ciudad: la gente, que era cada día distinta, se comportaba sofisticadamente, con una picardía de vividores que a Adela la deslumbraba. Las orquestas, además, cambiaban de vez en cuando, e incluso en ocasiones actuaban con ellas artistas famosos que la señorita había escuchado en la radio. Nadie conocía a nadie, y por eso no había nunca habladurías ni prevenciones. La señorita no se preocupaba ya por su reputación. Bebía hasta perder la razón y se marchaba cada noche con un caballero distinto, pero no sentía por ello vergüenza como antes. Sólo hacía propósito de enmendarse cuando se acordaba de sus hijos. Durante el resto del tiempo intentaba encontrar diversiones que la contentaran. Algunas tardes se quedaba en la cocina de la casa conversando con la patrona, a quien, con más mentiras que verdades, le había ido contando la historia de su vida. La patrona tenía siempre una botella de aguardiente dispuesta y correspondía a las confidencias de la señorita confesándole sus propios secretos.

En Madrid, la señorita Adela se convirtió en una mujer perdida. Gastaba todo su dinero en juergas y en pastillas barbitúricas que necesitaba para dormir. A algunos hombres les robaba billetes de la cartera mientras se aseaban después de fornicar. Una mañana, al volver a la pensión desde uno de los clubs, tuvo que pararse en mitad de la calle para descansar, pues había estado bailando toda la noche y sentía todavía el mareo de los licores en la cabeza. Se apoyó contra la pared y cerró los ojos. Antes de que le diera tiempo a recobrar el resuello, se acercó a ella un hombre y le preguntó sin embozos que cuánto cobraba. La señorita palideció, pero trató de disimular la sorpresa frotándose los labios mientras miraba al caballero que le había hablado. No era un galán. Tenía escamas de caspa en los hombros y llevaba una chaqueta pasada de moda y desgastada. Ella dijo una cifra y se hizo el trato. Aunque fue poco dinero, esa noche le pagó a la patrona los atrasos que le debía y se fue luego a cenar fuera de casa, a un restaurante barato que había cerca de la pensión.

Después de aquello, la señorita comenzó a deambular algunos días entre las busconas que había en el cruce de la calle Espoz y Mina con la de la Cruz, pero nunca creyó ser por ello una puta, pues seguía leyendo poesía y soñaba todavía con los tiempos románticos en los que Alejandro Molina y ella habían estado en los desiertos de África, en los bosques de Canadá y en los palacios de Moscú. Casi todas las noches leía sus cartas, y en el velador que tenía junto a la cama, en el que no había imágenes de sus hijos ni de Ricardo, estaba sin embargo la fotografía de la catedral de San Basilio. A la patrona le contaba a menudo episodios de su vida, y a las cortesanas con las que compartía esquina les hablaba de él como si fuera un príncipe. Le veneraba como las beatas a los santos de los que son devotas: le decía oraciones por las noches, guardaba sus reliquias y seguía sus rastros. Un día, paseando por los alrededores del barrio, se había encontrado casualmente con la taberna El Fígaro, de la que Molina le había hablado en sus primeras cartas enviadas desde Madrid, y desde entonces iba de vez en cuando allí, entre negocio y negocio, a tomar un vino o una merienda. Tan obsesionada estaba con sus recuerdos de Molina que una de esas tardes, al entrar en la taberna, creyó verlo. Aunque era un hombre magro y muy viejo, sus facciones se parecían tanto a las de Alejandro Molina que, si hubiera tenido un aspecto menos menesteroso y hambriento, la señorita Adela habría asegurado que se trataba él. Llevaba una de esas barbas de pocos días con púas blancas muy duras. Sus ojos estaban medio cerrados y se los restregaba con gesto lastimero. Iba vestido con una camisa descolorida y una gabardina muy estropeada que ni siquiera se había quitado para sentarse en la mesa de la taberna. Frente a él había un vaso que sólo tenía un hilo de vino.

La señorita Adela se le quedó mirando ensimismada. Parada de pie en mitad de la taberna, a medio camino entre la puerta de la calle y el mostrador, examinaba sus rasgos intentando imaginar cómo sería ahora el verdadero Alejandro Molina. Aquel hombre tenía el pelo blanco y los filos de la boca partidos por arrugas que eran gruesas como tajos. Los pellejos del cuello parecían piel seca, y en las manos se le podían ver, desde lejos, los lunares grandes y sin forma que tienen los ancianos. Contemplándole, la señorita sintió amargura, pero no por él, sino de nuevo por el recuerdo de su juventud perdida. Se movió para sacar del bolso un pañuelo con el que prevenir las lágrimas, y entonces él levantó la vista de repente y la vio allí parada, quieta entre las mesas. Se miraron uno al otro durante mucho tiempo, sin moverse, y al final él sonrió suavemente, levantó el vaso de vino para apurarlo y dijo: "Hola, Adela".

La señorita, que no supo si aquella voz enronquecida había sido real, movió la cabeza hacia los lados buscando signos. El hombre seguía observándola. Después de un rato, señaló con un dedo huesudo la silla que había frente a él, al otro lado de la mesa, para invitarla a que se sentara. Llevaba un anillo dorado muy gordo con una piedra de color turquesa tallada, igual que esos que se usan para guardar polvos de droga o medicamentos diminutos. Se limpió los labios con el dorso de la mano y luego le hizo otro gesto a ella para que se acercara. Ya no sonreía, pero en la expresión de la cara le quedaba todavía una sombra de burla. No dejaba de mirarla, y la señorita, que temblaba como cuando pasaba demasiado tiempo sin beber, le obedeció caminando hacia allí muy despacio. Se sentó en la silla frente a él y esperó callada a que hablara. De cerca parecía aún más viejo. Tenía las mejillas hundidas y el cerco de los ojos amoratado.

—Ahora ya lo sabes todo —dijo el hombre.

Pero la señorita Adela no sabía nada. Imaginaba espantos y calamidades, pero no sabía nada. Le entraron ganas de sacar del bolso la fotografía de Alejandro Molina para mirarla allí, delante de aquel hombre extraño que anunciaba misterios. Si hubiera tenido un vaso de vino lleno en la mano quizá se habría atrevido a hacerlo, e incluso se la habría enseñado a él para que se diera cuenta del parecido que había entre los dos.

—Quiero beber —dijo con voz suplicante.

El hombre, que había vuelto a sonreír, hizo un gesto al camarero para que les sirviera. La señorita vio entonces en su rostro una mueca de crueldad. Estuvieron en silencio mientras esperaban a que les trajeran la frasca y los vasos limpios. Después de llenarlos, él bebió con ansia y vació el suyo casi de un trago. Ella seguía mirándole como si estuviese hechizada. No se atrevía a moverse porque sabía que en cuanto lo hiciera comenzarían a suceder cosas terribles. Había puesto su mano sobre la mesa, cerca del vaso, pero no tenía valor para cogerlo y llevárselo a la boca.

—¿Quién es usted? —preguntó al cabo de un rato.

El hombre se echó a reír con carcajadas que a la señorita le parecieron como las de los ogros de los cuentos que solía leer a sus hijos para dormirles cuando eran niños. Su risa hizo callar a todos en la taberna, y Adela, que se sentía ahora vigilada desde las otras mesas, agachó la cabeza y se puso a hurgar en el bolso. Pasó mucho tiempo antes de que el hombre comenzara a calmarse. Se secó con un dedo las lágrimas de la risa y se quedó mirando otra vez a la señorita, que esperaba con miedo a que él hablara.

—Alejandro —dijo silabeando la palabra—. Soy Alejandro.

La señorita Adela cogió entonces el vaso de vino y bebió despacio. Ya sabía lo que debía hacer para que no le temblaran las manos: apretar el cristal como si quisiera quebrarlo, endurecer los músculos hasta que le dolieran. Con el vaso alzado, vio a través de él el rostro tranquilo del hombre con el que llevaba soñando muchos años. Pensó otra vez que aquello era un delirio de su locura, pero enseguida se dio cuenta de que ella jamás habría sido capaz de crear una imagen tan miserable de Molina. Le miró las calvas de tiña que tenía en la cabeza y los lomos negros de los dientes.

—¿Has vuelto de América? —preguntó sin soltar el vaso, sin separar completamente los labios de su borde.

Él echó la cabeza hacia atrás ligeramente, con desagrado, y se alisó una solapa de la gabardina. A la señorita le pareció que estaba decepcionado por su pregunta. Llenó los vasos con el vino de la frasca y cogió el suyo entre las manos para distraer el miedo, que cada vez la estaba embobando más. Tenía frío en todo el cuerpo, pero no podía hacer nada para abrigarse. Estaba paralizada ante aquel hombre flaco, desnutrido, que le hablaba de las cosas que habían pasado en un tiempo muy antiguo, cuando ella no era aún una trotacalles borracha y sin hogar. Le miraba creyendo que era un cadáver, un muerto de esos que hablan desde otra parte que no es humana.

—Nunca fui a América —dijo por fin Molina pronunciando muy despacio, fatigosamente, como si pensara que aquella explicación era innecesaria—. Alguien franqueaba desde allí las cartas que yo enviaba para que te mandaran, pero nunca estuve en Los Ángeles ni en San Francisco. Inventé eso para que creyeras que era feliz.

Aunque las tinieblas que tenía en la cabeza en ese momento no le dejaban comprender nada con claridad, la señorita Adela comenzó a presentir entonces lo que había sido su vida. Bebió más vino tratando de embrutecerse cuanto antes para no entender las palabras de Molina o para poder pensar luego que habían sido sólo una pesadilla.

—He inventado toda mi vida para que creyeras que era feliz —dijo sin dejar de mirarla, con altanería—. No he estado nunca en América ni tengo una esposa llamada Helen. Sólo conozco a Audrey Hepburn por las películas que he visto en el cine o en la televisión. El libro que hice publicar pagándolo yo mismo con el dinero que había ahorrado durante años lo leíste únicamente tú. He dado conferencias en tabernas y en burdeles, pero nunca me han llamado de ninguna universidad para hablar en sus aulas.

A pesar de que Molina no había vuelto a beber, a la señorita se le estaba acabando la frasca de vino sin haber logrado todavía perder la razón. Estaba comenzando a ver ya figuras brumosas y enfoscadas, pero seguía oyendo con absoluta pureza la voz que le contaba los secretos que ella no quería escuchar. Antes de vaciar la frasca en el último vaso, Adela se volvió hacia el mostrador nerviosa y le hizo una señal al camarero para que trajera otra.

—Ya lo ves —dijo Alejandro riendo con socarronería—, todo lo que he hecho ha sido para ti. Una gran representación para ti sola. Años y años interpretando una obra que nadie más vería. Pasaba días enteros leyendo libros sobre un lugar sólo para poder hablarte de él. Veía una y otra vez la misma película para memorizar la forma en que se movían los actores y descubrir gestos casi invisibles que te describiría a ti después como si los hubiese observado en la intimidad.

La señorita recordó las cartas que Alejandro Molina le había ido escribiendo durante todos esos años. Los vestidos de Lauren Bacall y de Kim Novak, la tierra rojiza del cañón del río Colorado, los regalos que Frank Sinatra le hacía a la niña Audrey, el color de los maquillajes que se ponían Bette Davis o Natalie Wood, los dibujos de los lienzos que había pintado Georgia O'Keeffe para decorar su casa de Santa Mónica y las palabras de la carta en la que el presidente Kennedy le felicitaba por su libro. Todo inventado para engañarla. De repente Adela sintió piedad por él y le cogió la mano que tenía sobre la mesa para acariciarla. Mientras lo hacía, imaginó la amargura de aquel hombre viejo que había tenido que fingir durante toda su vida para que ella no se avergonzara de él, para que pudiera seguir estando orgullosa de haberle amado cuando eran jóvenes. A la señorita, que comenzaba ya a ver las nieblas y los humos de la embriaguez en todas partes, le pareció que aquella impostura era la mayor prueba de amor que nadie le había dado nunca.

—No tenías que haberlo hecho —dijo con la lengua agria, adormecida por el vino—. Yo te habría querido igual si hubiera sabido que eras un hombre pobre y fracasado.

Alejandro Molina sacó entonces su mano de entre las de Adela y mordió la piedra del anillo como si fuera un hábito o un rito. Miró a la señorita con lástima durante mucho tiempo, pero ella ya no distinguía los gestos ni las intenciones. Estaba medio caída sobre la mesa, cabeceando.

—Lo hice para acabar contigo, no para que me quisieras más —dijo por fin Molina con desgana, sirviéndose vino de la frasca nueva. Luego se calló un instante tratando de averiguar si Adela sería capaz de comprender lo que iba a explicarle—. Cuando me abandonaste estuve a punto de morir. Sentía un dolor parecido al que sienten los muertos. Ya no me acuerdo muy bien de los síntomas, pero eran iguales que los que tienen los que han sido ya desahuciados: fiebres muy altas, estertores, ahogos y pérdida del sentido durante días. A veces me despertaba creyendo que aquellas visiones que tenía en el sueño las creaba la enfermedad, pero enseguida me daba cuenta de que era al revés: la enfermedad era creada por las visiones.

La señorita Adela cerraba los ojos sin dejar de mirarle. Ya no bebía.

—Empecé a curarme de aquello gracias al odio. Poco a poco fui concibiendo planes para devolverte el daño, para escarmentarte por la traición, y de esa forma comencé a mejorar de repente. Las ideas que se me ocurrían al principio eran siniestras, pero no tenían demasiado ingenio. Pensé en matarte descuartizándote o en difamarte con calumnias por toda la ciudad. Pero la muerte es demasiado rápida y las calumnias acaban olvidándose. Tenía que encontrar algo terrible que además durara siempre. Una maldición. Y seguí buscando día y noche, sin otra tarea ni otro pensamiento.

Hizo una pausa y se inclinó suavemente hacia delante para morder la piedra azul del anillo. Luego se limpió los labios con la punta de la lengua.

—¿Qué es lo que más daño puede hacer a una persona que te ha abandonado? —continuó diciendo, y cogió la mano de Adela para despertarla—. Eso es lo que me preguntaba sin descanso. Y un día encontré la respuesta: ser feliz. Ser feliz y cumplir los sueños que esa persona tuvo. Para que durante el resto de su vida deba arrepentirse de haberse ido.

Entonces se dejó caer en el respaldo de la silla, suspirando, y se quedó quieto como si hubiera acabado de hablar.

—Ser feliz —dijo una última vez—. Eso es lo que más daño puede hacerle a quien te abandonó.

La señorita Adela tenía los ojos abiertos y le miraba extrañada. Pensaba en Ricardo y en sus hijos, en la noche del parto del niño Cesáreo, en los desvelos que les había costado criarlo, en la muerte de su madre.

—No creas que me conformé con las mentiras que te contaba —añadió Molina susurrando con una voz cada vez más ronca, mientras miraba ahora por el ventanal de la calle—. Intenté ser feliz de verdad, irme a América, escribir libros excelentes que asombraran al mundo, viajar por todos los países, conseguir fama y dinero, y sobre todo olvidarte y enamorarme otra vez de una mujer como Helen.

Se quedó callado durante unos instantes, con los ojos brillándole como a una hiena. Tenía la vista perdida en el final del salón, en su memoria.

—Pero no fue posible —dijo con una risa desengañada—. Siempre es más fácil tener ilusiones que cumplirlas, Adela. Tú también lo sabes. Por eso tuve que ir renunciando a todo poco a poco y contentarme con escribirte esas cartas llenas de bondad que tú esperabas cada vez más impacientemente. Ramiro, que era el único que sabía lo que estaba pasando, me iba contando de ti las cosas que necesitaba conocer para envenenarte. Me hacía descripciones de tu casa y de tus hijos, me informaba de tus viajes, me anunciaba las muertes y los nacimientos.

De repente se le agrandaron las pupilas de los ojos y comenzó a reírse otra vez con grandes gruñidos, retorciendo el cuello como si tuviera espasmos.

—Tuvo incluso que cortejarte para evitar que fueras a América en mi busca —dijo ahogado por la risa, escupiendo babas—. Me contó que se vio obligado a besarte, pero que por fortuna tú te resististe. Pobre Ramiro, qué penitencia —añadió calmándose, resoplando con una tos suave—. También fue él quien me avisó de que después de muchos años mis esfuerzos estaban comenzando a ser recompensados. Conozco tu caída paso a paso, día a día.

Molina bebió el último sorbo de vino que quedaba y mordió una vez más la piedra del anillo.

—Tengo copia de todas las cartas. Son mi obra maestra, mi libro prodigioso. No hay nunca en ellas precipitación ni exageraciones. No hay advertencias. Escribía cien borradores antes de enviarlas, me aseguraba de que eran perfectas. Desde el principio supe que su efecto sería muy lento, casi imperceptible, pero que al fin, cuando llegara, lo devastaría todo de golpe. Como algunas enfermedades oscuras.

Molina, cansado, cerró también los ojos y estiró el cuerpo sobre la silla. La taberna se había quedado vacía y sólo se oía el ruido de una radio en la trastienda. El camarero lavaba vasos sin prestar atención a nada. No había anochecido todavía, pero el aire de fuera se agrisaba y no entraba ya mucha luz. A la señorita Adela, que seguía inclinada hacia delante en la mesa, con el pecho apoyado en su borde, le costaba distinguir el perfil de las figuras. Vislumbraba el rostro ahora ladeado de Alejandro Molina como si fuera una pintura, un óleo. Aunque estaba borracha y no era capaz de recordar nada con orden, sentía algo parecido al horror. Tenía escalofríos, y en la nuca, cerca del cuello, se le iba extendiendo un dolor quemante que la mareaba. A veces se le aparecían imágenes fugaces de lo que había sido su vida, como dicen que les ocurre a los que van a morir. Veía la playa en la que Molina y ella se separaron, el bigote del anciano que la babeaba en el club, el cuerpo desnudo de Ricardo, el cadáver embalsamado de su madre, los lagartos del río Colorado, las habitaciones de la casa en la que había vivido de niña, el saxofón dorado de la orquestina que tocaba boleros en el club, las manos finas y cuidadas de Leopoldo, los ojos del niño Daniel, los rincones de calles que no recordaba, las salamandras de su tío Germán, los vestidos suntuosos de su abuela, los juguetes que le regalaban en sus aniversarios, los labios y los genitales de sus amantes, las galletas confitadas que comía en las ferias y el rostro de hombres y de mujeres que no sabía reconocer. Iba contemplando todo lo que había hecho durante años, los deseos perdidos, los desvelos, las ambiciones que se habían ido olvidando, los ideales que no se cumplieron. Ése era el horror. La señorita juntó las manos como si fuera a rezar y las levantó despacio. Pensó que le debía dinero a la patrona de la pensión y que no podía entretenerse en engaños. Ahora sí era de noche en la calle y no quedarían ya busconas. Los hombres que necesitaban compañía a esas horas iban a otras partes. Adela no tenía fuerzas para volverse hacia la barra y pedirle al camarero más vino. La embriaguez se le estaba pasando y comenzaba a ver insectos y sombras negras. Y entonces, de repente, descubrió la imagen de algo y recobró el brío. Excitada, abrió el bolso y hurgó en él revolviéndolo hasta que encontró lo que buscaba. Puso frente a Molina, entre los vasos, la fotografía de la catedral de San Basilio.

—En Moscú sí estuviste —dijo ilusionada, eufórica.

Alejandro Molina la miró enternecido. No podía ver bien el brillo de sus pupilas porque estaba en contraluz, pero sabía que temblaba de felicidad. Se dio cuenta de repente de que a Adela le bastaría aquello para seguir amándole.

—Sí, en Moscú sí estuve —dijo con los ojos vacíos—. Gastando el dinero que había ahorrado durante años y fingiendo que me enamoraba de una turista viuda para poder hacerme junto a ella y junto a su hija algunas fotos que luego te enviaría a ti. Quise ir a los bosques de Canadá o a los desiertos de África —confesó con la voz quebrada, como si estuviese a punto de llorar—, pero el dinero sólo me alcanzó para los trenes que llevaban a Moscú.

Cerró los ojos y se quedó callado durante mucho tiempo, como si se hubiera dormido.

—En Moscú sí estuve —repitió. Luego, mientras Adela recogía otra vez la foto y la guardaba en el bolso satisfecha, se levantó y la besó en el pelo por su espalda. Salió de la taberna muy despacio, esperando quizás a que ella le siguiese.

OTROS TÍTULOS DE
LA PEREZA EDICIONES

Noches de Obon
María José Rivera

Esta novela pudiera ser leída como un libro de viajes. Algo debe, sí, a los *road movies* del cine, pero sobre todo es un viaje interior y tremendo al fuego de la pasión y al horror de la venganza, con Barcelona, Marsella, Shanghai y Kioto como escenarios y Montecristo flotando sobre las aguas turbias de la irracionalidad.

Las *Noches de Obon* son también un paseo nocturno por aquel Oriente que nunca atravesó el tamiz del pensamiento griego, con su animismo y su tao, sus desencantos, sus miles de dioses y su culto a los ancestros. Con sus inquebrantables reglas sociales, en las que se siente el enorme peso de las tradiciones y de la familia. El Oriente mítico que no cuestiona la subordinación.

El rap de la morgue y otros cuentos
Claudia Amengual

Hay una palabra, y un sentimiento, que no podrá encontrar el lector en ninguna de las nueve historias que se narran en *El rap de la morgue y otros cuentos*: la clemencia. Y hay una certeza que cruza y enhebra sus personajes: la más seca derrota. No lo saben pero en su soledad son seres iluminados por la verdad, aunque es una verdad que tarda, una verdad que ilumina y mata. No es otro su destino, y no puede serlo, porque el miedo, la rutina y la hipocresía les atenazan. Todos ellos quieren huir, pero terminan siempre huyendo hacia adelante.

Mar Rojo, Mal Azul
Miguel Coyula

En la novela *Mar rojo, mal azul* de Miguel Coyulala, "leemos" la propuesta estética de su cine. Dosificada primero: se pulsa *play* y se narran hechos y diálogos en montajes paralelos, se describen secuencias, miradas que enfocan y desenfocan el primer plano y el fondo que observan; mas en las páginas siguientes se enuncia explícita en el personaje de Miguel, que vive con una aspiración: hacer una película por la que moriría.

Amor Fou
Marta Sanz

Según Isaac Rosa, escritor español, *Amor Fou* es "ironía del título al margen, una novela de amor. El amor como posibilidad llena de trampas, el amor como dolor, como enfermedad y locura (…) Una historia de humillados y ofendidos, frente a felices que pretenden disfrutar gratis del amor, sustraerlo al mercado, como si amar no fuese otra forma de poder adquisitivo, de desigualdad".

El jazz ácido de Nueva Zelanda
Amanda R. Pérez

Esta, la primera novela de su autora, plantea un mundo no ya imposible, sino indeseable, pero contradictoriamente cercano y hasta real. El entramado alineal de sus caracteres genera personajes en conflicto, primero consigo mismos y por ello con los demás, siempre oscuros y siempre irresolubles. Su cinismo pragmático y su resignada filosofía hace que la única luz que desprenden sea, a fin de cuentas, fatua y fatal.